Hotel Quequén II

Narrativa

Hotel Quequén II

Narrativa

2008

Hotel Quequén II. Narrativa -1° ed.-
Buenos Aires: SIGAMOS ENAMORADAS, 2008.

Edición: Cecilia Romana
Diseño gráfico y tapa: Julián Fernández
Coordinación gráfica y armado: Ángel P. Fichera
Imagen de tapa: 0717, acrílico sobre tela, 135 x 195 cm, de Pablo
Siquier, 2007.

IMPRESO EN ARGENTINA
Queda hecho el depósito que prevé la ley 11.723
ISBN: 987-22678-6-3
ISBN: 978-987-22678-9-6
Narrativa Argentina.
Fecha de catalogación: 18/12/2007
Se permite la difusión del material con solo mencionar la fuente.

LA SEGUNDA INTEMPERIE

No se trata de una remake. Este libro es, en todo caso, una continuación no azarosa de lo que surgió en enero de 2006 bajo el nombre de Hotel Quequén I. en esos días, la editorial Sigamos Enamoradas lanzó una antología de poetas jóvenes argentinos cuyas edades oscilaban entre los veintisiete y cuarenta y dos años. El rango era acotado, pero la elección tenía bastante de capricho, y tenía, además, un objetivo claro: hacer convivir bajo un mismo techo literario expresiones poéticas de diferentes puntos del país; poemas plasmados en las faldas de los cerros, en las playas y, finalmente, a cobijo de los muros de la ciudad: una zona urbana que se materializó en voces disímiles con una intensidad inusitada.

Esta vez no hay poesía, aunque sí la hay, pero en esa forma de decir que hace prevalecer la relación por sobre lo lírico. Esta vez, son ocho narradores los que se exteriorizan. Curiosamente, cada uno de ellos podría enlazar un hilo conductor que lo empalme con el otro, además de una opción palpable de decir acerca de la enfermedad, la proximidad de la muerte o la presencia estática de la finitud en la cotidianidad de los vivos.

La familiaridad quirúrgica u hospitalaria, para ser más concreta, es casi inevitable. El relato de Luis Gusmán da su puntapié inicial en un hospital. El de Hebe Uhart, en cambio, transita algunos episodios antes de llegar a la internación de su personaje principal. El de Nicolás Peyceré ocurre íntegramente en un pabellón hospitalario de mediados de siglo pasado. Hay otros relatos que rozan la modalidad con mayor o menor cercanía: el de Susana Cella, en el que uno de los personajes tiene por apodo "médico", y el de Carlos Bernatek que, de manera más abrupta, quizá nos interna en el padecer de la muerte desde la duración filial, asunto que lo relaciona ineludiblemente con los demás relatos que aportan al volumen. Pero hay un segundo grupo: el grupo donde se encuentra la ficción de Enrique Butti, la de Fernando Callero y la de Marina Serrano. En estos tres últimos autores, cuyos textos no están al margen del acodo de la finitud, podría hallarse una ilación más sutil si se quiere, una conexión no buscada que relaciona los hechos cotidianos con la posible circularidad temporal del sueño. El tiempo, en los tres casos -aunque quizá con menos presencia en Callero-, parece ser el pivote desde donde el relato gira en una continuidad enrarecida de los sucesos. El mismo efecto que en Serrano opera el sueño, en Butti lo hace la memoria, y en Callero, la reflexión tardía.

La idea del primer tomo de Hotel Quequén fue, además de la de materializar la lectura poética en un libro, la de pasar a la intemperie playera las voces de los poetas que fueron convocados al proyecto. Durante ese mismo mes de febrero, varios autores viajaron a las playas de Quequén en la provincia de Buenos Aires, junto con críticos, periodistas, ensayistas, traductores y familia, a presentar la antología a orillas del mar. Fueron dos días con sus noches de lecturas colectivas, almuerzos, cenas, talleres y conversaciones mientras el sol caía y volvía a levantarse hacia el Este. Los poemas brotaron, en voz de sus pergueñadores, a la intemperie, al paisaje, los bares y los centros culturales del pueblo. Con el recuerdo cercano de este evento, podría pensarse que la metamorfosis que deseamos obtener con esta segunda parte, es la misma, pero nunca como esta vez, la sensación es la de empujar no solo a los autores al viaje, sino también a sus narraciones, porque en un gran porcentaje de estos textos que hoy anudamos bajo el nombre de Hotel Quequén II se huele un aislamiento alarmante, un profundo instinto de separación. Como si la anormalidad debiera ser resguardada del aire libre. La opresión, el silencio, la mascullación del tormento se dan de la puerta hacia el interior. Si hasta los árboles, el cielo, una finca, parecen habitaciones de cortinas bajas en cuanto se tornan excusa o marco que delinea un dialogo, un pensamiento, un recuerdo o una crónica de lo diario en estos personajes.

La tarea, entonces, consiste en un objetivo doble: llevar a los narradores directamente a la intemperie y empujar esos textos de la vida cobijada hacia los espacios sin techo. Sacar lo opaco afuera; forzar, mejor dicho, la opacidad contra lo desguarecido.

Por otra parte, la selección de estos autores, preconcebida con la pericia de un parto programado, puede interpretarse no solo como una búsqueda consciente de ciertos rasgos narrativos peculiares, sino como una suerte de rescate. En épocas en donde es frecuente encontrar antologías de ficción que pasan a jóvenes -ignotos, unos cuantos principiantes, en su mayoría-, cuentistas con un discurso más o menos objetivado en una línea que intenta romper con lo que -supuestamente-, tiene algún perfil clásico, por llamarlo de una manera, la aparición de Hotel Quequén II asoma también como un recobro de voces que, más allá de la franja etaria, confluyen en cierta tradición de narrar que nos es propio. Voces como las de Butti, Bernatek, Cella, donde la mirada barrial, casi de provincia, en un transcurrir lento y extraño en partes iguales, se despliega manso al tiempo que oculta debajo una furia implacable: la muerte y la posibilidad de la muerte. Voces como las de Callero y Serrano, desprejuiciadas, ansiosas de hacer crónica a partir de vivencias, tonos oníricos, anhelantes. Voces como las de Peyceré, Gusmán y Uhart, cotidianas hasta el extrañamiento, como tubos pequeños por donde se cuela la irrealidad de los hechos hijos, habituales.

En fin, Hotel Quequén II pretende, casi en la urgencia , rescatar y mover. Ambos verbos se pueden conjugar desde un ansia puntual: sacar a luz.

Este volumen aparece así como una criatura multiforme: actual por la novedad del enlace, ecléctica por los rostros del discurso y vigorosa por el material del cuerpo que la organiza.

Cecilia Romana

Martínez, diciembre de 2007

Hotel Quequén II

Narrativa

Luis Gusmán

Hebe Uhart

Carlos Bernatek

Nicolás Peyceré

Marina Serrano

Fernando Callero

Susana Cella

Enrique M. Butti

LUIS GUSMÁN

Nació en Buenos Aires en 1944. Es novelista y cuentista. Ha publicado *El frasquito* (1973); *Brillos* (1975); *Cuerpo velado* (1978); *En el corazón de junio* (1983, Premio Boris Vian); *La muerte prometida* (1986), *Lo más oscuro del río* (1990); *La música de Frankie* (1993); Villa (1996); *Tennessee* (1997) -llevada al cine por Mario Levin con el nombre de "Sotto voce"-; *Hotel Edén* (1999); *Ni muerto has perdido tu nombre* (2002) y *El Peletero* (2007). También es autor de una autobiografía. *La rueda de Virgilio* (1989) y de dos volúmenes de ensayos: *la ficción calculada* (1998) y *Epitafios. El derecho a la muerte escrita* (2005). Varios de sus libros se han traducido al portugués.

NOMBRE DE ARTISTA

Miramos hacia el cielo queriendo detener la tormenta como si fuésemos brujos de una tribu extraña; buscamos con la mirada el amuleto, musitamos la palabra exacta que conjure la tempestad. Un cielo que amenaza instalarse durante largo tiempo en la tierra. La tormenta que avanza desde el sur, ahora está sobre el convento de las Carmelitas y el Jesús en sus labios demuestra cómo hasta las religiosas le temen a la naturaleza aunque busquen en ella un designio de Dios. En unos minutos más estará sobre el hospital. Los enfermos que se pasean por el patio, apresuradamente buscarán refugio. El cielo que se oscurece oculta el tren que marcha todavía más al sur, donde está el mar. Lugar al que sueñan viajar una vez que estén recuperados, sabiendo que su única esperanza se reduce a esperar a que ese tren que nunca pasa a la misma hora, transformado ahora en un buque fantasmal, en un ruido blanco, surja otra vez de la niebla.

Percibimos en el aire el olor que viene de la tierra, como si ella impusiese toda su presencia en un combate secreto que se hubiera desatado enconadamente entre los elementos. La tierra con el olor de un animal en celo violentando nuestro pudor y nuestro pensamiento. Porque ninguno de los tres ignora que esa misma tierra mojada es tierra de muerte. Porque los tres cruzamos el río al mismo tiempo, para encontrarnos con la muerte de Charles.

Tal vez el color del cielo me recuerda aquellos encuentros de nuestra juventud. Cuando con Charles nos encontrábamos con los machos de la costa, los patrones de las putas. Cuando el río todavía estaba protegido por la costanera poblada de jacarandaes y en la glorieta escuchábamos la marcha fúnebre de Gounod. Sus acordes llegaban hasta la casilla donde la puta desnuda se movía al compás de ese ritmo fúnebre. Nosotros éramos marionetas descompasadas mientras que el movimiento de ella era sacro, majestuoso, casi lírico; frío, de nieve; mientras que el nuestro era acalorada porque el tiempo de nuestra explosión contenida estaba regido por los machos de la costa haciendo sonar sus tacos brillantes sobre el muelle de madera. Y en esos pasos estaba medido, centímetro a centímetro, instante por instante, el tiempo de nuestro placer por el que habíamos pagado anticipadamente. Porque dependíamos de la suerte y de la música del cielo. Porque si había buen tiempo estaban los músicos y los machos de la costa esperando por sus putas. De la música, porque si el ritmo era otro, esa Japonesita de Brunelli, los movimientos rápidos de la mujer desnuda nos imponían la violencia de un espasmo casi enfermizo al borde de la desesperación. Porque si sus ojos y su risa bailaban al compás de esa música, la tristeza se quedaba en nosotros. Si no, eran los ojos de ella que al son de la marcha fúnebre se apagaban y entonces sus movimientos eran lentos, olvidada de su cuerpo, lo que nos permitía el derecho de disponer un instante más de ese placer. Siempre atentos a los pasos que venían desde el muelle.

Nuestra preferida se llamaba Biyú porque debajo del pulóver no usaba corpiño. Le preguntábamos si la lana no le hacía picar el cuerpo. Tan asombrados de encontrarnos así de golpe con sus pechos desnudos, y nos decía que no era lana sino banlon. Esta conversación fue interrumpida cuando el macho de la costa golpeó tres veces la puerta mientras ella terminaba de ponerse el suéter y hacía un mohín de conmiseración a Charles, sabiendo que tenía que atravesar tres cuadras con su vergüenza hasta llegar a la avenida. Cuando entre los dos tratábamos de disimular con pudor lo que había sucedido.

Entonces comenzamos aquella conversación sobre la Biyú. Es por la plata, la llamás así por la biyuya. Le gusta el dinero. No es por eso, me respondió Charles, es porque es francesa. *Bijou* quiere decir joya. Esos anillitos que vienen con los nombres. Ella es una joyita de la costa. Una joyita que el río trajo hasta la costa. No viste cómo tiene los dedos cubiertos de anillos y los brazos con pulseras. No viste el ruido que hace cuando se mueve, es como una música. Tanta música junta me desconcertó. Como si a cada música los ojos de ella cambiasen de color. No fue por los machos de la costa, nunca les tuve miedo ni a sus navajas ni a sus cicatrices.

Recuerdo el final de aquella conversación con Charles, cuando me doy cuenta de que el puente ha quedado atrás. Ese no era su verdadero nombre porque todos nos llamábamos con nombres de artistas y él era Laughton. Laughton, cada vez que lo veíamos ascender de la única casa de dos pisos arrastrando su cuerpo pesa- do. Su vejez prematura. Su muerte inminente. La condena que lo envolvía en ese polvo que perdía cada bolsa de aserrín que cargaba en sus espaldas. Esa joroba de arpillera que ya formaba parte para siempre de su cuerpo.

Fue en la puerta de ese mismo aserradero donde mantuve con él la conversación más dramática y más íntima. Más íntima incluso que nuestros cuerpos temblorosos frente a la prostituta de la costa. Muchos años después, cuando teníamos que hacer un esfuerzo para recordar nuestros nombres de artistas.

La confesión de Charles había empezado teniendo como fondo las campanadas del convento de las Carmelitas. Él no usaba reloj y calculaba el tiempo justo para llegar al aserradero por el sonido de las campanadas. Fue unos pocos meses antes del final; sin duda, la confesión estuvo dictada por la convicción que otorga la cercanía de la muerte.

Nunca besé a una mujer, me dijo Charles. Me voy a morir sin saber cómo es el beso de una mujer. Pudo haber sido un beso aquella tarde en los campos del convento, durante una kermesse de Pascua. Donde lo santo se mezclaba con lo profano. Donde a medida que atravesaba cada centímetro de pasto se iba perdiendo la santidad, una luminosidad radiante, como si fuese el sol o la luna que surgía de las luces de colores. Pequeñas bombitas colgadas de los árboles como frutos del paraíso. Como si el pecado estuviese al alcance de las manos. Pero entonces, ¿de dónde surgía tanta luz? Si nosotros hacíamos ese recorrido todos los días, ése no podía ser el convento sino un baile en medio del campo.

Una chica que atendía uno de los puestos. El juego consistía en que con una argolla de metal había que embocar a la cabeza y al cuello de los patos de madera que flotaban en una especie de pequeño lago artificial. Los premios, imágenes y objetos religiosos. Santos, vírgenes y animalitos de Noé. El premio mayor, una estrella de Belén hecha con papel plateado.

Ella era una desconocida. Creo que esa mujer de la ciudad se sentía verdaderamente en el campo. Los bomberos habían colocado altoparlantes en los árboles, se escuchaba El paso del tigre. Te juro que ni siquiera mi mano o mi voz temblaron. En sus manos las argollas parecían rosquitas de azúcar. Siempre tuve buena puntería. Los patos flotaban distensos y estúpidamente ofrecían el cogote. Cuando gané la primera estrella plateada se la regalé. Ella me miró, ya la había bajado y no sabía qué hacer con ella entre las manos. Entonces me dijo: "¿Por qué no la dona?". Tres veces más la volví a ganar y tantas veces la volvía a donar. Yo no me podía apartar de ese lugar, estaba como hipnotizado. Conocía cada uno de los patos, sabía cuál se representaba como presa más fácil. Incluso decidí errar algunos tiros, quería ver su piel mojada, sus manos hundiéndose delicadamente en el agua. Me sentía ridículo y a la vez empezaba a sentir un oscuro rencor hacia ella. Me puse torvo. La invité a bailar. Ella me dijo dulcemente que no podía abandonar el puesto.

Me fui a recorrer el baile. Casi todos hombres. Muy pocas mujeres. Casi nadie bailaba. La música no era para bailar. Sabía que iba a volver, que nunca me olvidaría de su cara. Otra vez me encontré en el puesto jugando con el cogote de los patos. Acumulé santitos y animales. Lo cierto es que no me podía ir y no quería que transcurriera el tiempo. Aunque simultáneamente un dolor desconocido me hacía desear que viniese la tormenta para sacármela de la vista. Creo que el suyo fue un acto de piedad. Yo estaba apoyado sobre el mostrador y ella en vez de entregarme la estrella de papel me rozó con los labios la mejilla. Me di cuenta de que era la despedida. Que no podía pedirle al mundo nada más. Nunca iba a saber su nombre y ella me había dado la orden de perderme en la noche.

Estuve a punto de decirle que aquí todos nos llamábamos con nombres de artistas. Estuve a punto de bautizarla. Pero me fui en silencio siguiendo el ritmo de *El paso del tigre*. Durante muchos años pensé que podía vivir de aquel beso producto de la caridad y el hastío, ahora me doy cuenta de que viví equivocadamente.

De esa manera recordé la conversación con Laughton que con el tiempo se había convertido en un relato. Busqué en el cielo la tormenta. A nadie le gusta la muerte, mucho menos una muerte con agua. Llegaríamos a la casa con la lluvia. Una casa de hombres solos. Ahora sólo quedaba Emilio, el hermano de Charles, y su tío Hugo, al que llamábamos Víctor Mac Laglen. Una vida inútil. Un cuerpo enorme para arrastrar una valija llena de baratijas por la villa. Emilio, tullido, había llegado demasiado tarde para que le pusiéramos un nombre. Tal vez ese brazo que se pegaba a su cuerpo le había evitado o lo había privado de un nombre de artista. A la muerte del abuelo siguió una sucesión de muertes. Una muerte pública. Entre terrible y patética, en medio del barro, aplastado por su propio carro y el caballo. También en medio de la lluvia. Se había quedado empantanado y comenzó a empujar desde adelante los ejes de las ruedas, caminando en dirección contraria al animal. Tal vez fue por eso, siempre habían caminado en la misma dirección. Como si ese cambio hubiese espantado al caballo, que asustado lo cubrió de estiércol. En ese instante una bosta caliente e interminable; él se moría y no se daba cuenta, y como toda su vida siguió peleándose con el percherón. Lo insultaba. «Gringo», le gritaba, él que era un gringo, le gritaba «Gringo». Casi ignorantes de la causa de su muerte, salvo por el dolor del cuerpo, se fueron muriendo la abuela, su hijo, hasta terminar en la nuera. Esta última quizá por no pertenecer a esa sangre fue cediendo su cuerpo lentamente. Primero una pierna, después la otra, resistiéndose a esa fuerza misteriosa que los arrastraba a la muerte, hasta quedar esos tres hombres en la casa. Como si la muerte se hubiese apiadado de su soledad, se acostumbraron a vivir sin mujeres, usando la misma ropa, comiendo lo elemental, prescindiendo de lo que para ellos era el mundo femenino.

—Yo lo vi a Charles después del ataque de hemiplejía. Estaba realmente avejentado. Pero nunca pensé que iba a suceder tan rápidamente —dice en voz alta, casi hablando con el cielo, uno de los hombres que conmigo ha cruzado el puente.

—Más rápido que una epidemia. En dos años se los llevó a todos. Es la casa. Se tienen que ir para siempre de ella.

Escucho a mi otro acompañante. Lo escuché también después de muchos años. La muerte de Charles desgraciadamente o en la desgracia ha vuelto a reunirnos. Por respeto al muerto hablamos lo imprescindible. En vez de responderle prefiero recordar mi último encuentro con Charles. Justamente, cerca del convento. Lo vi venir desde el otro extremo de la calle. Caminando con dificultad, apoyado en un bastón que cuando se acercó reconocí que era el que usaba su abuelo. Tal vez por esas huellas en el cedro nudoso como si hubiese quedado la marca de sus dedos. Tenía la cara roja. Dos venitas azuladas cerca de los párpados que eran dos bolsas de elefante. Pensé, ahora lleva las bolsas en la cara. El pelo blanco, como si fuese una peluca empolvada. Era verdaderamente Laughton. Un ojo casi caído, una joya iluminándole la cara. Oí las campanadas y esperé vanamente a una gitana para que Charles pudiese cargarla sobre sus espaldas en el hueco que le dejaban las bolsas y después, correr hasta el aserradero, nuestro Notredame de madera, la única casa de dos pisos que ya habían tirado abajo casi muy cerca de su muerte. Pero no se oía el ruido de una sola sierra, por un extraño designio todo se había quedado en silencio. Imponiéndose el desasosiego que la voz de Laughton, saliendo de su cara fofa, iba a provocarme.

Él calculó con un pequeño movimiento, un leve giro, si aún podía evitarme. La enfermedad no le había impedido conservar el pudor. Pero estábamos casi frente a frente en medio de la calle desierta sin poder evitarnos. Se oyeron las campanadas del convento. Lo imaginé a punto de morir atado al bronce, bamboleándose santamente. Pero estaba sólo a unos pasos de mí con su juventud perdida prematuramente. Sólo una referencia al pasado podía sacarnos de ese presente insoportable que era el cuerpo de Laughton muriéndose delante de mis ojos. Recuerdo que estreché su mano temblorosa. Él se afirmó en el bastón, se irguió contra la enfermedad, contra los ciento veinte kilos que llevaba encima. Me dijo: parezco un boxeador retirado.

Le pregunto a uno de mis acompañantes si Laughton alguna vez hizo una de boxeo. No, al menos que yo sepa, me responde

En aquél encuentro le había contado a Laughton que por fin había conseguido una foto de Wallace Berry. Y que me había sorprendido descubrir que Wallace era gordo ya que siempre había pensado que era flaco. Y que era una paradoja que durante muchos años me llamaran con el nombre de un gordo. ¿No te parece cómico, cómo, sin saberlo, es como si siempre hubiésemos sido hermanos?

—En la ficción, querido Wallace. —Me contestó sonriendo, haciendo un esfuerzo para que no resultara una mueca. Como si esa mueca me pidiese dignamente que no prolongásemos demasiado el encuentro. Sólo pude decirle que un día nos encontraríamos para contarnos películas. Hizo con la cabeza un gesto afirmativo con el resto de fuerza que le quedaba para mantenerse erguido. Nos despedimos y estoy seguro de que ninguno de los dos se dio vuelta para mirar atrás.

Entramos con respeto a esa casa de hombres solos paradójicamente habitada por mujeres. Tías lejanas, alguna prima, tratan de permanecer desapercibidas, no sabiendo cómo moverse entre esos objetos, entre esas costumbres, no alcanzando a entender esa manera de vivir. Reconozco antiguas caras. Nombres de actrices. El dolor de la muerte no ha impedido que la belleza se borre de algunos rostros. Es más, las embellece. Quiero aproximarme al muerto, no demorar la partida. Saber que algún día voy a estar en ese lugar es lo único que extrañamente alivia mi pena. Como si fuese la única manera de representarme ese dolor. Lo veo tendido en un viejo ataúd. Imagino la mortaja como una impecable pechera blanca. Pechera de antiguo marino. Imagino la planchuela lista, el salmo breve, la rápida oración, fúnebre como el movimiento de la ola del mar que lo espera y pronto se lo tragará junto con la bandera púrpura. El último ruido sobre el agua, el último golpe mientras piadosamente alguien cierra una biblia. Pero él sigue inmóvil como si en la muerte se hubiese ido de su cuerpo y de su alma para siempre. Por eso, el que está ahí me resulta un extraño, un absoluto desconocido.

Entonces recorro su pieza. Busco objetos. Alguna foto que me devuelva aquella antigua amistad. Su hermano, Emilio, me interrumpe en esa intimidad. Estoy vivo y me da pudor, mis mejillas se enrojecen y me separan aun más de esa carne blanca. Emilio levanta el vidrio de la mesita de luz y me entrega una postal: El beso de Klimt.

—Es tuya. Siempre la tuvo debajo de ese vidrio.

Miro esos dos cuerpos confundidos, esa pintura que alguna vez me conmovió. Reconozco al dorso mi letra despareja. El encabezamiento. Querido Charles. Prefiero no seguir leyendo. La voz de Emilio interrumpe mi lectura.

—Una de las pocas cosas que conservó durante toda su vida. Lo miro a la cara, lo miro buscando en esos rasgos un nombre de artista. Le respondo:

—Pertenece a sus cosas.

Respeta mi decisión y la vuelve a colocar debajo del vidrio.

Entonces agrega:

—Debajo del vidrio parece un cuadro de verdad.

Caminamos hacia el patio. Lo cruzamos rápidamente para no mojarnos. Está preocupado por la lluvia. Se va a inundar, me dice. El fúnebre no va a poder salir. Mi hermano repetía una frase:

«El día que me muera no quiero que me lleven por Agüero. Tampoco quiero que me entierren en Villa perro».

—La tierra de su muerte la pudo prever. Se compró una parcela en un cementerio de Olivos. Y si Agüero se inunda van a tener que llevarlo por otra calle. Los últimos domingos se iba por la mañana y volvía por la noche; seguramente visitaría lo que sería su tumba.

Aprovecho que alguien viene a presentarle sus condolencias a Emilio para alejarme y quedarme solo. Me imagino a Charles haciendo el camino de su propia tumba. Envuelto en vaya a saber qué pensamientos. Buscando el mármol lujoso, el paisaje aislado, buscando en la muerte evitar la promiscuidad de su vida. Encontrando un orden preciso, una disposición prolija. Recorriendo cada uno de los canteros. Afirmando su bastón, arrastrando su pierna, oliendo flores que en su vida jamás conoció. Buscando su nombre para después olvidarlo. Embriagado en esas fragancias. Eligiendo el lugar en que pusieran sus huesos. Hacia el Este o tal vez mejor hacia el Oeste. Evitando el sur que conduce a la Villa de los perros.

Las horas que faltan son medidas por la anécdota y el temporal. La posibilidad de atravesar las calles inundadas. Siguiendo su voluntad, evitamos la calle Agüero. Atravesamos los puentes del ferrocarril. Después el puente del río. El viaje hasta la capital es largo. Emilio tiene una preocupación que lo obsesiona. Secretamente me la murmura al oído: «Tan lejos, quién vendrá a visitarlo». Después se queda callado. Siento que esa responsabilidad me acompañará el resto de mi vida. Emilio vuelve a hablarme al oído: «Puedo venir los domingos cuando voy al hipódromo».

Los autos van entrando lentamente en la geografía que Charles eligió para su muerte. Una arquitectura simétrica, despojada. Todas las sepulturas se parecen entre sí. Una geometría perfecta que escamotea la muerte. Prefiero esas bóvedas barrocas, o esas fotos finadas que acompañan las lápidas. Esos monumentos que en su lujo o en su sencillez nos dicen: ella está ahí. Es una manera de cercarla, de arrinconar la muerte en la propia muerte, cavarle su tumba.

Mientras recorremos el camino con cierta dificultad, conversamos trivialidades. Noticias del otro lado del río. Otros nacimientos, otras muertes. Una regulación del orden universal.

Llegamos a la calle de la primavera. Cada una recibe el nombre de una estación. En medio de un paisaje cubista está la bóveda que Charles mandó construir. Sobre la casa de mármol han levantado un extraño monumento. Una réplica perversa del beso de Klimt. Una copia casi perfecta. Lo miro a Emilio y él me dice:

—Ahora entiendo para qué guardaba el dinero. A él siempre le gustó la pintura. Tal vez pensó que estando tan lejos lo acompañaría. Durante el viaje calculé que en auto queda justo a una hora del hipódromo.

La ceremonia es breve. Siento cierto regocijo secreto al saber que Charles Laughton descansa para siempre en un lujoso cementerio de la provincia de Buenos Aires.

HEBE UHART

Nació en Moreno, provincia de Buenos Aires. Fue profesora de filosofía en la Universidad de Buenos Aires y en la de Lomas de Zamora. Ha publicado: *Dios, San Pedro y las almas* (1962); *Eli, Eli, Iamma sabhactani* (1963); *La gente de la casa rosa* (1970); *El budín esponjoso* (1976); *Memorias de un pigmeo* (1992); *La luz de un nuevo día* (1983); *Camilo asciende* (1987); *Mudanzas* (1995); *Guiando la hiedra* (1997); *Señorita* (1999) y *Del cielo a casa* (2003). Relatos suyos fueron traducidos al alemán y al inglés.

LA LUZ DE UN NUEVO DÍA

a mi mamá

Todavía no se explicaba cómo pudo caer. Ella fue a tender una colcha en la terraza y cuando bajó la escalera se comió el último escalón. Estaba todo oscuro y si bien tuvo la sensación de que daba un paso en falso en el aire, fue como si algo, el espíritu de esa oscuridad, la obligara a hacerlo. Después se cayó y no se podía levantar. Pero desde varios años atrás, algo le pasaba con el último escalón de la escalera, sobre todo cuando el pasillo estaba a oscuras, pisaba el penúltimo escalón y una especie de vértigo la llevaba a comerse el último ¿Quién la iba a levantar? Doña Herminia era vieja como ella, pero gritó y unos jóvenes que Dios le mandó, una parejita, ojalá tuvieran diez hijos y vivieran mil años, la socorrieron y la llevaron a su cama y adonde estaba doña Herminia. Los jóvenes son buenos; los medianos, no. Los jóvenes como esos son buenos como su nieta, pero su nieta siempre estudiaba de esas cosas que se estudian ahora y a ella mucho nunca le gustó el estudio. Doña Herminia la recibió a ella en su casa y le explicaba todo con paciencia, porque ella había tenido estudios.

Doña Herminia recibía en su casa a todas las personas que necesitaban ayuda. Desde que sus hijos eran pequeños, había tenido siempre una familia paralela a la propia. Cuando tenía los hijos chicos, antes que éstos comieran, comían un plato de sopa en la cocina, cuatro chicos silenciosos, que hablaban sólo si se les preguntaba algo y con voz entrecortada, en un tono inaudible, como para hablar junto al oído.

Uno de ellos, con una nube en un ojo, era tratada por doña Herminia con el cariñoso nombre de Rosita; nunca usó un diminutivo para sus propios hijos. Más adelante el ahijado fue Walter Lioy Lupis, llamado Pulenta por sus compañeros de escuela, hizo caer el pizarrón de la clase al suelo y apareció un día por los bosques de Palermo viviendo a una gran distancia de allí.

Los cuatro chicos también recibían repaso de lectura, repaso que hacían con esa voz apenas audible, mientras la señora que hacía la limpieza se moría de rabia porque quería acabar de lavar los platos pronto. Ahora como a Walter Lioy Lupis era imposible hacerle repasar la lectura, porque no entraba en sus planes, y como ese chico le producía ataques de ira a la señora que limpiaba, él recibía una manzana, un pancito y consejos útiles para su vida. El lema de doña Herminia era "Los que están bien se arreglan solos", aplicable a hijos y entenados; pero no se crea que por eso era una especie de San Francisco de Asís, si bien tenía su parte de San Francisco de Asís, tenía otra de Borgia. Porque si un canario can- taba fuerte a la mañana temprano, decía:

—Yo a ese canario le retorcería el pescuezo.

Si le contaban que habían estafado a alguien, decía:

—Hay que ser estúpido para dejarse estafar.

Y si le contaban de alguna mujer que estaba enamorada de algún hombre un poco atorrante, decía:

—Yo prefiero cuidar chanchos a seguirle el tren a una porquería semejante. Las mujeres de ahora no tienen dignidad, es natural que les pongan la pata encima.

Doña Herminia rezaba dos horas por día, aparte de ir a Misa todos los días. Rezaba por los caminantes, por los navegantes, por los que pierden la senda, pero por sobre todo, por los muertos, y entre los vivos, eran preferidos los que tenían cargas muy grandes en la familia, por ejemplo, podría ser una madre anciana y ciega con un hijo mogólico.

Le prestaba dinero a doña Josefa que se iba en taxi a lo del brujo para que le adivinara el porvenir; también le prestó dinero a doña Josefa para que se hiciera hacer unos zapatos a medida, ortopédicos, que en vez de corregirle los juanetes, se los agrandaron. Josefa se quejaba de los juanetes y de la estafa pero como farfullaba largas peroratas sobre sus miserias, no se sabía cuándo se quejaba de los juanetes y cuándo de la estafa. Ella, Genoveva, no la aguantaba mucho a Josefa y cuando la veía por la calle, se detenía a mirar alguna vidriera, pero doña Herminia caminaba a la par de doña Josefa y de vez en cuando le decía:

—Claro.

También venía a lo de doña Herminia es achica gorda Silvia, paralítica que iba en sillón de ruedas. Ella cruzaba la calle ayudada por todo el mundo, principalmente les pedía a los hombres que la cruzaran.

Una vez uno quiso cobrarle por cruzar. Silvia hablaba, hablaba con doña Herminia, porque había tenido estudios, y a la noche no se iba nunca. Genoveva, cuando se aburría y tenía sueño, decía:

—Bueno, Genoveva se va a dormir.

Y las dejaba. Los viejos y los jóvenes son buenos. Los medianos, no. Su nuera ahora le iba a preguntar por qué se cayó y de sólo pensarlo se sentía en falta. Acostada en su cama pensaba en qué le diría a su nuera, porque le iba a preguntar. Era porque la escalera estaba encerada y el piso muy resbaloso, por eso era. Ella miró bien y creyó que había puesto el pie en el último escalón; no era que anduvo distraída, qué esperanza, pero parece también que la pata no respondió. Habráse visto esa pata. La hija de la señora Herminia, no se puede decir que fuera mala del todo, pero si venía a comer con ellas, leía el diario mientras comía y una vez miró boxeo por televisión, que boxeo es una cosa que ella no podía tolerar ni comprender. Además, comen, levantan la mesa ni bien terminan de comer, hablan con esa voz fuerte, se llevan el mundo por delante. Si ella sabía, dejaba la colcha sucia toda la vida, maldito sea el momento en que se le ocurrió tender la colcha. Nunca la quiso en el fondo y le trajo mala suerte. Eso le iba a decir a su nuera. Que la colcha le trajo mala suerte.

—Doña Herminia —dijo.

—¿Qué, Genoveva?

—No me puedo mover. ¿Adónde me van a llevar?

—Va a tener que internarse, Genoveva, por ahí es una fractura.

—Sí, Dios no lo permita, tengo que ir al hospital, con perdón de la palabra, a la vuelta querría venir acá. ¡Ay, no me puedo mover!

—Bueno, bueno, ya viene mi hija.

No era la hija. Era un médico brotado quién sabe de dónde.

Entró, miró todo rápidamente mientras Genoveva le decía:

—Yo fui a tender la colcha y cuando estaba por llegar debajo de la escalera...

Él le dijo:

—Destápese. Miró y dijo:

—Es fractura de cadera. Debe internarse. Son veinte millones de pesos.

Genoveva, que no había entendido bien le dijo a doña Herminia:

—¡Qué suerte que se fue tan pronto! Seguramente no era nada, porque si fuera algo grave, se hubiera quedado más tiempo.

—No, Genoveva, es... es...

—¿Qué es, doña Herminia?

—Es fractura de cadera.

—¡Ah! —dijo Genoveva desilusionada.

Y le entró como un sueño, como un sopor, un desinterés.

Después vino la nuera y le preguntó:

—¿Por qué se cayó?

Pero Genoveva estaba como en una especie de fiebre y hablaba de unas albóndigas. De repente mejoró un poco y se conectó mejor, pidió agua; la nuera le volvió a preguntar:

—¿Se puede saber por qué se cayó?

—Ah, no me acuerdo —dijo Genoveva.

Después vino la hija de doña Herminia y preguntó entre alarmada y con aire de mártir:

—¡Ay! ¿Cómo se cayó?

Y después preguntó a doña Herminia:

—¿Otra vez se cayó?

—Cualquiera se puede caer —dijo doña Herminia.

Mientras doña Herminia acompañaba a Genoveva, la nuera y la hija, las dos medianas, se repartían las próximas tareas a hacer.

La nuera dijo:

—Yo puedo internarla mañana, hoy no, porque hoy tengo clase de ikebana y de expresión corporal.

La hija de la señora Herminia no tenía clase de nada, pero para no ser menos, le dijo que esa noche tenía clase de galés precámbrico. Finalmente, cada una sacó su agenda, cotejaron sus horarios. Doña Herminia espió para ver qué estaban confabulando; ella opinaba que los medianos no piensan más que en dinero y los medianos que no piensan en él, son unos estúpidos. Pero, reflexionaba, son útiles para pedir cosas ante las autoridades, para todos esos trámites de carnets, que son tan largos, ellos se las ingenian para hacerlos rápido. La nuera no podía dejar su clase de expresión corporal porque le iban a enseñar un movimiento que era la culminación y el compendio de todo lo aprendido durante el año; o sea, perder esa clase equivalía a perder más de una clase; pero eso era largo de explicar y sólo lo entendería una persona que hubiera hecho expresión corporal. Miró el reloj y dijo:

—¡Qué tarde! ¡Qué barbaridad!

Y ofreció sus servicios para el día siguiente.

—Y sí —pensó la hija de la señora Herminia—. Ella tendría que internarla. Buscó los documentos de identidad y los carnets correspondientes. Doña Genoveva tenía un hermoso portacarnets con cuatro divisiones, para poner los documentos, pero lamentable- mente no estaban allí. En el primer casillero había un hermoso paisaje en colores, en el segundo, una foto de un perro lanudo y blanco en la puerta de una casa, en el tercero, unos chicos en una playa, y en cuarto, dobladita como para ocupar el tamaño adecuado, una receta de cocina. Los documentos estaban repartidos en viejas carteras, todas en un buen estado de conservación, pero se notaba que no estaban en uso; eran sucesivas carteras, todas parecidas, reemplazables unas por otras, contenían documentos, ramitas secas de olivo y espejitos perdidos.

Revolver en las carteras y en la ropa de Genoveva le produjo a la hija de doña Herminia una sensación ambivalente; por un lado, sintió cariño y protección por ese ser tan indefenso; por otro, fastidio, por el mismo motivo. Genoveva estaba mansamente tirada en la cama, mientras otros disponían de ella en la otra habitación.

Unos días después, la hija de doña Herminia fue al hospital para ver a Genoveva.

—Por favor —dijo Genoveva—, sácame este pulóver que tengo entre las piernas.

Ella miró y no había ningún pulóver, eran heridas como clavos.

—No es un pulóver —le dijo—. Son heridas ¿La operaron?

—No que yo sepa. Vaya por Dios.

—Sí, la operaron a la abuelita —dijo una señora joven, que estaba con un camisón con aire de estar sana dentro de la cama.

—¿Me operaron? —dijo Genoveva con profunda sorpresa-. ¿Y cómo no me di cuenta?

—Porque le pusieron la anestesia, abuela —dijo la señora que era muy comprensiva.

—Ah —dijo Genoveva, pero como si hubiera algo más incomprensible, algo más allá de la operación, como si ella pasara de sobresalto en sobresalto.

—¿Y tu mamá? —dijo después.

—Bien, bien.

Cuídala bien y no dejes que se quiebre una pata, vaya por Dios.

—Va a venir a visitarla.

—Que no venga, válgame Dios, a ver si se cae. No, es muy peligroso... Hay peligros, la calle es resbalosa, esta escalera es muy caracola...

La hija de la señora Herminia tenía tendencia a hacer preguntas metafísicas en momentos inoportunos. Entonces le dijo:

—¿Qué es lo peligroso?

—Eso, peligroso —dijo Genoveva como si pensara en otra cosa mientras sonreía.

La señora joven que parecía sana la vio sonreír a Genoveva y dijo, con aire de reconvención a la hija de la señora Herminia:

—Póngale la chata. Hace mucho que no va de cuerpo. Después que hizo sus necesidades, su cabeza funcionó mejor. Además, Genoveva era indudablemente una persona prudente, se quejaba prudentemente de que las enfermeras no venían cuan- do las llamaba, y aunque a veces desvariaba un poquito, tenía el arte de no criticar en voz alta si había alguna enfermera cerca, y cuando la limpiaban decía "Gracias, gracias" y sonreía como un pajarito.

Un día recibió una visita que le hizo bien. Un doctor joven y simpático, se sentó en la cama y le dijo:

—¿Cómo le va abuela?

—Bien, gracias. ¿Cuándo voy a caminar, doctor?

Él le dijo, riéndose:

—¿Vamos ya? ¿Nos levantamos y caminamos?

—¡Válgame Dios! ¡Dios lo oyera y le dé cien años más de vida!

Entonces Genoveva intentó pararse y él le dijo, medio riéndose:

—No, tesoro, hay que esperar unos quince días.

—¿Quince días? —dijo con aire de asombro Genoveva—. Me parece mucho tiempo.

Estaba haciendo un cálculo arduo. No recordaba en qué mes estaba ni qué día era, no quería preguntarlo. Pero el doctor se dio cuenta y le dijo:

—Hoy es 20 de septiembre.

—¿Cómo?

—Hoy es 20 de septiembre.

—Ah, gracias, gracias —dijo como si "20 de septiembre" fuera algo valioso en sí mismo, una especie de regalo.

Serían las seis de la mañana y comenzaba la luz, Genoveva se levantó tratando de no hacer ruido y llegó hasta la silla que estaba cerca. La silla la iba a ayudar a caminar. Usó toda su concentración, su propósito y su fuerza en llegar a la silla; no pensaba en otra cosa. No bien la movió, la silla hizo ruido y la señora joven que estaba en la cama con aspecto de estar sana, le dijo:

—¿Qué pasa, abuela?

—¡Vaya por Dios! ¡Qué susto! —dijo Genoveva.

La señora joven meditó en su cama sobre si llamaba a la enfermera o no. Alborotar en el hospital era pecado y estaba pensando si ella podía corregirlo o aumentaría el pecado de alboroto llamando a la enfermera. Decidió que no correspondía esto último y se quedó mirando a Genoveva tratando de averiguar sus designios. Genoveva empezó a caminar apoyada en la silla, con las piernas duras y llegó hasta la puerta. En su esfuerzo por no hacer ruido, de repente iba silenciosa y por momentos, cuando más quería evitarlo, la silla daba unos chillidos atroces. Al llegar a la puerta de la habitación que daba al pasillo, vio un bulto: era la enfermera caba, la enfermera gorda. Aun vista de lejos bajo esa primera luz de la mañana que volvía todo dudoso, era tan rotunda, tan consistente, que Genoveva después de espiar y sin saber que era la enfermera caba, se volvió para su cama. pero estaba muy contenta porque había caminado y además porque esa mujer gorda de blanco no la había visto. Pero sus piernas estaban duras. Por eso, debían ser hijas del rigor. A la nochecita, cuando todos cenaron y estaban en la cama, ella se dispuso a salir de nuevo pero esta vez empujando con energía a sus piernas; entonces las insultaba, sobre todo a una, le decía: "Vamos, caminá, estúpida, no te hagas la chancha renga, ¿qué te has creído, eh?". Y parecía que la pierna entendiera, porque obedecía un poco más. "Hábrase visto, no querer caminar" –le decía-. "Avanza un poco más, avanza un poco más".

Cuando pudo avanzar un poco más, siempre acompañada por la silla, empezó a pensar:

Sí, ella iba a caminar para ir a la casa de doña Herminia. Allá había que comprar la carne bien comprada, había que dar vuelta el colchón, porque doña Herminia sola ya no podía, y después estaba también la fabricación del puré. El puré que ella hacía le gustaba a doña Herminia, porque como ella era una mujer de estudios, hacía un puré granuloso, en cambio a ella le salía un algodón, le dejaba siempre hacerlo a ella. ¿Quién lo iba a hacer ahora que ella no estaba? Y a la tarde, Genoveva veía en su libro de Misa, al lado de la ventana, donde estaba el plátano. El plátano no daba frutos, pero tenía una hoja verde y ancha, que parecía comestible. Ella iba a sentarse para ver el plátano si Dios la ayudaba y si la enfermera gorda, Dios no lo quiera, no le impedía caminar ayudada por una silla. No tenía que verla la enfermera gorda, si la veía la iba a retar tanto que del miedo se le iba a aflojar las piernas.

Un día salió a caminar un poquito por el pasillo, como lo días anteriores, pero había más revuelo en el pasillo central y se quiso acercar a mirar, era como un mareo de tanto revuelo; unos pasaban con frascos de líquido amarillo; otros, llevando gente en sillas de ruedas, un hombre iba en piyama y una enfermera con una torta.

Entonces Genoveva con terror de caerse porque avanzaba tanto, se fue acercando mientras insultaba a la pata para que respondiera. Por un lado decía: "Pata, respondé o te castigo", por otro pensaba en el puré que iba a hacer cuando fuera a lo de doña Herminia, y por el otro sentía un mareo, un temor, como si viera todo nebuloso alrededor. Pero cuando llegó al centro del pasillo, sintió una voz que decía:

—¡Bien, abuela, bien! Y otra voz agregó:

—¡Mire qué bien, cómo camina la abuela! Ella sonrió con su humilde sonrisa y dijo:

—Gracias, gracias.

Y la enfermera gorda tuvo que ver esto cruzada de brazos, esa infracción a las leyes del hospital, porque todos estaban rodeándola y festejándola.

Doña Herminia deseaba que viviera y que volviera Genoveva; pero como sabía que había que aceptar la voluntad de Dios y la voluntad de Dios a lo mejor era que ella muriera, doña Herminia le iba a rezar a San Antonio de la medalla milagrosa, para que por su intercesión fuera acordada la gracia.

San Antonio de la medalla milagrosa no era un santo al que se pudiera molestar todos los días; había que reservarlo para circunstancias especiales; era para convocarlo justamente cuando uno sentía que los otros santos se hacían los fesas. Ahora, ¿cómo era posible que una persona como doña Herminia, que había tenido estudios, que era capaz, en caso de apuro, de enunciar la ley de Boyle-Mariot o de ubicar de acuerdo a la lógica de los acontecimientos, la fecha de la batalla de Maipú, cómo era posible que creyera en San Antonio de la medalla milagrosa? Por un problema de jurisdicciones y domicilios; San Martín tenía su domicilio y jurisdicción en los Andes, la jurisdicción de la ley de Boyle-Mariot abarcaba los líquidos y San Antonio de la medalla milagrosa actuaba, desde su lugar espiritual, en los casos difíciles, siempre que no se lo molestara demasiado. En fin, cada uno en su casa hace lo que quiere y lo que puede. San Antonio de la medalla milagrosa no era como San Antonio de los objetos perdidos; a este último uno lo invocaba buscando por ejemplo el plumero por toda la casa, pero era una búsqueda alegre, despreocupada; uno revisaba los rincones, se encontraba con un poco de polvo y recordaba que ese lugar precisaba una barrida; San Antonio de la medalla milagrosa requería todo el esfuerzo, toda la concentración del pensamiento puesta en el pedido. Una vez que rezó y que hubo pedido su parte, sintió el aflojamiento de la fatiga y espero pacientemente que el santo hiciera la suya.

Cuando estaba por hacer su desayuno con la leche que reconforta y las galletitas que dan fuerza a las piernas flojas, sonó el timbre. Sonó el timbre y oyó un tamborileo de dedos en el vidrio de la ventana de afuera; alcanzó a ver una cara borrosa y una manito que se agitaba alejándose en gracioso saludo y un auto que partía. ¿Quién era? No la conocía. Después, el timbre, insistente; salió a ver y era nada menos que Genoveva.

Genoveva, cuando la vio a doña Herminia, dijo:

—¡Dichosos los ojos!

Doña Herminia no podía decir lo mismo; tenía a sus ojos absolutamente domesticados desde hacía mucho tiempo: no les permitía que se sobresaltaran por nada. Doña Herminia pensó que era una suerte que no hubiera moros en la costa; la nuera se había ido y por suerte esa mañana no vino su hija; su hija ya le había dicho, con voz entre agorera y amenazadora, que para que volviera Genoveva a esa casa, era muy conveniente que trajera consigo una constancia de salud física, otra de equilibrio homeostático, un electroencefalograma y un pronóstico a corto y mediano plazo acerca de su enfermedad.

Doña Herminia observó que Genoveva caminaba con mucha dificultad, casi con dolor y que el dolor de caminar la hacía palidecer. Y bueno, pensó: "no va a correr una maratón. Con que camine de la pieza al baño, es suficiente". Después que se saludaron y que le guardó el bolsito a Genoveva, le preguntó solícita:

—¿Ya desayunó?

—Creo que sí —dijo Genoveva.

—¿Cómo, creo que sí, vamos Genoveva, tomó o no el desayuno?

Genoveva pensó y pensó y después dijo, un poco alarmada:

—¿Sabe que no me acuerdo?

—Bueno, bueno, no es nada. ¿Quiere desayunar de nuevo, o bah, digamos, desayunar?

—Si no es molestia —dijo Genoveva con una sonrisita agradable, como la de alguien que comete una picardía pequeña y buena.

—Y bueno —pensó doña Herminia—, perdió la memoria. Y bueno, ¿para qué necesitaba tanto la memoria? Historiadora no iba a ser. Bah, y a veces, cuando una persona sufre mucho en la vida, casi es un bien perder la memoria, Dios sabe lo que hace...

Genoveva lavó los peines, durmió la siesta y después a la tarde, entre las dos hicieron un pan dulce con mucha fruta abrillantada, nueces y pasas. A la noche, cuando se fueron a dormir, cada una en su habitación, doña Herminia la despidió en el marco de la puerta diciéndole:

—Que el señor nos conceda la luz de un nuevo día.

Pero antes de irse a dormir, apoyaron las palmas de las manos mutuamente, se sonrieron mirándose a los ojos, con amor carente de todo rencor.

En *La Luz de un nuevo día*, CEAL, Buenos Aires, 1983.

CARLOS BERNATEK

Nació en Avellaneda en 1955. Ha publicado las novelas: *La pasión en colores* (1994); *Rutas argentinas* (2000) y *Un lugar inocente* (2001). En cuento: *Larga noche con enanos* (1998) y *Voz de pez* (2003). Relatos suyos figuran en antologías argentinas y españolas. Su cuento *Pajarito, la lluvia*, fue llevado al cine por Mario Cuello. Creó y condujo durante dos años -junto con Enrique Butti-, el ciclo literario radial *El panóptico* (radio Universal del Litoral). Es asesor literario de organismos culturales, actualmente de la Biblioteca Nacional. Colabora con distintos medios gráficos. En 2008 se publicarán su novela *Rencores de Provincia* y su primer libro de poemas *Despertar a la sonámbula*.

ROPA DE MUERTOS

No le di importancia. No me impresionaba el origen. Ropa de muertos, lo que antes usaron otros que ya no viven. No hacía falta pensar en causas funestas, en motivos luctuosos. No había en aquellas prendas ninguna señal de muerte, nada que nombrara lo violento: sangre, desgarros, manchas de humores letales y póstumos. Escuché decir: "el hijo del asesino no tiene la culpa". La ropa es eso, pensé: un hijo, un desprendimiento, algo inocente. En la situación en que estaba, no me hubiera sorprendido que el dueño anterior fuera un homicida, un leproso, un sifilítico o portador de otra peste, males que no tiñen de nada las tramas ni las entretelas. La ropa me parecía entonces algo similar a los cubiertos de los restaurantes: se lavan mal y pasan a la boca del próximo comensal. No tenía ese tipo de aprehensiones. Bueno, era joven; de alguna manera me creía eterno, inmune. Son los modos en que suele obrar la omnipotencia a cierta edad en que uno debería cuidar lo que tiene, una fragilidad embozada.

La primera herencia fue la camisa de un tío alcohólico. Lo habían encontrado tirado en un callejón, en coma y demasiado tarde. Mi madre se preocupó en lavarla a conciencia, como si más allá de las manchas y roces de la caída, poseyera el vicio entre sus hebras. Como si la adicción pudiese estar agazapada en ella, residir ahí mismo. "Está casi nueva... una pena", fue el argumento, la excusa de la pobreza. Planchada, desintoxicada y perfumada, la usé durante años sin que jamás su textura me provocara el impulso hacia cualquier exceso. Las veces que lo hice, seguramente no fue por ella. Ahora no recuerdo qué ropa llevaba el día de primera borrachera, pero seguramente no se trataba de aquella camisa de origen funesto.

En el principio de aquel vínculo mío con la ropa heredada, siempre imaginé, o imaginaba recordar, como en sueños, una escena clásica del cine: un soldado muerto al que otro, quizá su victimario, le quita las botas, unos borceguíes en mejor estado que los propios, cuyo número mide el predador a simple golpe de ojo y se ajusta exactamente a sus pies con docilidad. Un acto salvaje que, a un tiempo, subrayaba la tragedia de la continuidad de la vida. Ese furor de la rapiña -la avidez, cierta brutalidad en los gestos del apropiador-teatralizaba el sarcasmo, como si desprendiera de ese hecho lo más obvio: ya no le van a hacer falta. La falta, la necesidad, justifican todo. Bueno, con los muertos reales, fuera de toda guerra, se impone un principio tutelar de ese estilo: al muerto ya no le va a hacer falta nada de lo que poseía. Sus familiares, aun los más respetuosos, van a lucrar con los restos que ya no forman parte del cuerpo, tan inanimado como la ropa. Se supone que un cadáver no precisa cosas, objetos que le fueran afines, cercanos compañeros de vida que lo abandonan en esta nueva etapa del ciclo natural. Y quizá lo esencial que no se dice es que es el muerto el que ya no va a hacer falta más que como muerto; que el mundo ha prescindido de él como ser vivo, aunque res- cate su camisa. La vida toda puede seguir siendo y floreciendo sin él.

Tiempo después llegó la segunda donación necrófila. La ropa de mi padre —recién fallecido en un accidente-. Ahí vino la adecuación: esa ropa fue precariamente arreglada por algún sastre con la intención deliberada de enviarme a una oficina. En casa hacía falta el dinero, aquello fue una solución plausible, y el sastre no se esmeró en absoluto por lo que, me imagino, era una pobre paga. Preferí entonces no pensar en ningún simbolismo: me limité a ocupar el papel de trabajador de mi padre metido en su propia ropa. Pero esos sacos y pantalones, las camisas y hasta arriesgaría que las corbatas, nunca me calzaron bien. Me sobraban, me excedían, me chingaban en los codos, en las rodillas, en los cuellos, pese a los arreglos, porque esa ropa estaba confeccionada en función de otro cuerpo muy distinto. Y de una función familiar diferente. Además, la ropa usada se va amoldando a los movimientos del cuerpo portador, se torsiona, se elastiza en función de las coyunturas, de las flexiones. Ese moldeado no lo puede modificar ningún sastre. A través de la ropa, yo comprobaba que la gente no se reemplaza, sólo se ocupan los espacios liberados con diferentes improntas. Yo no era aquel otro ni metido en su ropa.

Aquel reciclado, una solución de urgencia, sirvió apenas para salir del paso. Recuerdo una escena de entonces: detenido ante las vidrieras, observando la imagen reflejada, avergonzado, sorprendido a veces al ver esa figura mía pero ajena, metamorfoseada con mi padre joven, un tipo al que era imposible que yo conociera a esa edad, y al que creo no haber conocido nunca. Pero aquel reflejo, que hasta hoy me produce una profunda pena por mí mismo, me sugirió ciertos atisbos de una teoría precaria: que la ropa tiene un único destinatario, y que su adaptación a otro cuerpo va a signar siempre esa impostura del origen.

Mi regimentación social en esa cuestión de la corbata y la camisa, mi aspecto mezclado con el de miles de tipos igualmente precarios, conservaba en el fondo su origen inadaptado: mi ropa no me pertenecía, era de un empleado anterior, una víctima anterior, no casualmente, mi padre. Yo me incorporaba a la cadena de la miserabilidad productiva con la ropa de un condenado anterior; ¡ni siquiera con mi propia miseria! Entonces empecé a sospechar –lo que podría llamar un segundo postulado, en cierto modo fetichista, como pensaba mi madre del alcoholismo-: que la ropa ajena no pasa gratuitamente de un cadáver a un cuerpo vivo; que esa transferencia implica siempre alguna otra cosa agregada, no siempre feliz para el siguiente usuario; algo que la higiene más extremada no alcanza a borrar de las tramas donde alguien volcó una emoción, una vergüenza, algún tipo de pasión o bajeza humana significativas; algo enraizado oscuramente en mandatos familiares, en el destino o en misteriosas impotencias.

Pero cuando uno se convierte de lleno en empleado, cuando ingresa a ese circuito y es finalmente aceptado, accede, por lo regular, con la garantía de algún compañero tan pobre como uno pero con un recibo de sueldo más antiguo, al crédito de una sastrería para bancarios o empleados públicos. Ropa estandarizada, vulgar, con pretensiones de modernidad, pero en esencia rústica, menos práctica que el *overall* de un mecánico pero tan significativa como aquel: ropa delatora de cierta condición y funciones socia- les. Un empleado de oficina más o menos jerarquizado, calculaba yo entonces, pasa casi toda su vida pagando mensualmente el crédito de una sastrería. Pero esa ropa puntualmente amortizada con el trabajo, con la cesión del tiempo personal y de cierto esfuerzo, y quizá humillación, pretende remedar –y a veces lo consigue- la aceptación del mundo, un vago amparo, y quizá hasta la fantasía de un futuro mejor donde las sastrerías serán cada vez más refinadas, donde la calidad textil que envuelva al empleado hablará de su esfuerzo, de la habilidad, de la capacidad para moverse en un universo primariamente hostil. Pero esa calidad dúctil del mundo de los aceptados, va a trepidar cada fin de semana: ahí aparece una fobia peculiar: uno debe alejar de la vista el atuendo de fajina apenas para descansar de esa íntima impudicia.

En una época no tan lejana se pusieron de moda algunos negocios de ropa usada. Las prendas -descartes de países más avanzados- venían –se anunciaba- higiénicamente desinfectadas y esterilizadas desde su origen. Algunas eran residuos de guerras, ropas de combate; otras quizá –presumo- de saqueos en países re- motos, o tal vez más mansamente, sólo denostadas por el capricho de la moda. La diferencia notable en estos casos consistía en la ignorancia del dueño anterior: uno no podía saber si el propietario original había muerto perforado a balazos, descosido a puñaladas, o le habían limpiado el ropero en el sudeste asiático. Y si las balas o las dagas habían dañado esas prendas, alguien, con seguridad mano de obra esclava, había zurcido los desgarrones tan concienzudamente como lavaran las manchas de sangre, de tripas estalladas o fluidos internos de esos cuerpos anónimos. Esa supuesta promesa de la ceremonia de purificación química, la asepsia cien- tífica, bastaba para convencer a la gente sobre lo inocuo de las prendas. Ciencia, a fin de cuentas, imperfecta, ya que a poco de andar se supo –sin demasiada prensa- de la aparición de enferme- dades silenciosas causadas, por ejemplo, por el agente naranja en lejanos campos de batalla; enfermedades como el papiloma virus y su secuela venérea que pareció remedar a la sífilis decimonónica. El castigo social por las guerras, por llamarlo de alguna manera, se irradió por esa vía en países distantes de las conflagraciones como para ratificar, por acción u omisión, una culpa colectiva. Ese acto desmadrado, la guerra, venía a corroborar, en cierto modo indirecto, mis creencias personales sobre la portación de efectos humanos en objetos inertes. La extinción de la vida ofrecía, en mi criterio, una línea que prolongaba mandatos o recidivas como indescifrables penas ancestrales.

Empecé a creer firmemente que la ropa heredada de esa por esa vía siempre iba a modificar algo, iba a alterar conductas. Con ese influjo comencé a advertir reacciones y reflexiones que no me pertenecían, que llegaban a imponérseme distantes de mi voluntad y deseo, por esa simple investidura, palabra que empecé a considerar entonces stricto sensu.

Yo andaba por la vida conmigo mismo como una carga, pero a la vez -presentía- imbuido por otro, siempre por un muerto. Percibía con puntualidad ese tipo de imposiciones, respuestas ajenas que daba ante cada situación, más allá de todo lo que pudiese resultar novedoso en una vida chata y previsible. Respuestas que imaginaba aptas en el antiguo y originario portador de la ropa; algo que me surgía con una espontaneidad inexcusable. Eso notaba, algo así como si mis reacciones afloraran más allá de mí mismo, inescrutables, gestadas en el habitante anterior de la ropa que llamaba "mía".

El desconocido que había sido mi padre, supuse yo, me ofrecía, interponiéndose de aquel modo, una posible revelación de parte de su propio misterio. Pero "partes" eran precisamente las que incidían en esa adhesión involuntaria, es decir: camisa, saco, corbata, prendas que ocupan el pecho, el torso, que, intuía yo, activaban respuestas provenientes de aquellas zonas. Mi pecho, mejor dicho mi corazón, el núcleo probable de ciertas sensibilidades, quedó desamparado al capricho de su influencia. Y los pantalones o las medias —algo tan secundariamente absurdo- sin duda, cavilo ahora, habrán signado pasos, marchas, contramarchas, una dirección determinada.

De la zona más sensible alcancé a advertir en progresión, su manera errática y desaforada de desear. Como un mendigo hambriento, el ansia lograba interponerse a cualquier decisión sensata o simplemente lógica. Porque ese deseo estaba por encima de todo. Muchas veces creí entender en aquello el núcleo de angustia que posee al inmigrante, que trata de contener, de retener para sí antes de perderlo, todo lo que pueda volverse efímero; porque la in- constancia es el mal del cual –presumo- quiere huir alguien que ha perdido el origen. Buscar una cama caliente, un abrazo, cierta pertenencia para quien viene con lo puesto que es la zozobra, apenas la salvación de un naufragio. Traté de explicarlo así cuando ya me atravesaba esa sensación arrasadora de apropiarme de todo lo que tibiamente se me ofreciera. Un huérfano como mi padre, devorado por esa avidez –supongo ahora-, debió haber vivido un doble infierno. Desear con esa desmesura sólo podía conducirlo al fracaso constante y una angustia parecida a la hambruna. Pero el tiempo que me demoré en advertir el efecto deletéreo de vestir esas ropas, dejó una huella sarnosa en mi comprensión del mundo y las personas. Cuando logré por fin desprenderme de aquella recidiva, consciente del daño, quizá como el agente naranja en las ropas de combate, el virus ya estaba instalado en mi cuerpo. La reacción de un desesperado deja huellas; se percibe en el entorno como el olor de la adrenalina.

Mi padre, alcancé a comprender, deseaba a las mujeres con ese mismo angurriento impulso. Observaba y se excitaba como un animal alzado y a riesgo de extinguirse. No podía evitarlo. Eso lo sé ahora, calzando sus pantalones. Siento esa obscenidad en su propia bragueta, y en la pechera de su camisa. Salgo del trabajo con la puntualidad desolada con que se huye en esas tardes. La luz ya se hunde entre los edificios, el camino repetido. Advierto que voy revoleando la mirada de un modo salvaje, parecido al de un asesino. De pronto me llama la voz de mujer; grita mi nombre. Giro al oír ese tono de reclamo; no la he visto en mi vida: morena, contundente, un vestido cursi, ajustado, muy llamativo. Me besa en la boca con una avidez familiar, como si lo hiciera a diario. Pienso que me ha confundido, que está loca, pero me dejo conducir como si me avergonzara más decirle que no soy quien cree, evitando una escena. Terminamos en un hotel siniestro para pasajeros pobres: ella exhibe sin pudor su calentura, se desnuda, se prende de mi cuerpo como una lapa, una sanguijuela que me va a extraer hasta el último hálito. Me dejo llevar; todo lo hace ella. No eyaculo; ella parece precisar de mi cuerpo como excusa para derramarse una y otra vez. Siento algo perverso, una impostura en ese acto cuasi circense, pero me entrego. Salimos a la calle; ya es de noche. Se sube a un colectivo, me saluda desde la ventanilla. Regreso en el tren semivacío, hace frío; me levanto las solapas de ese saco de trama abrasiva que amenaza cortarme el cuello. Me voy hundiendo en la escena que se desliza a través del vidrio. Mi madre me recibe con un gesto contrariado: "La comida se enfrió", dice con un tono que imagino dirigido a mi padre. Se va al cuarto sin hablar.

El tiempo posterior es el del desasosiego, ese silencio de la soledad. Duermo mal, tengo palpitaciones; procuro evitar esa alteración que se apodera de mí pensando cosas vagas, sedar la ansiedad que me va devorando por dentro, que me carcome. No se puede; no se inventaron aún pensamientos capaces de algo así. No hay momento del día en que esa sensación de la carcoma me abandone, me dé tregua. Camino a diez centímetros del piso, siento esa mordedura interior como de perro rabioso en las tripas, un perro que no suelta. Es el virus, algo invisible. Mi madre lo advierte y cambia su actitud distante, como si supiera de qué se trata, como si ya hubiera pasado por un trance similar. Me sigue por la casa, me interroga, se preocupa: «deberías ver a un médico, no estás bien». Pero cualquier cosa que diga no alcanza a mitigar mi estado. Tengo fiebre, unas líneas por encima de lo normal, no mucho pero constante; percibo la humedad caliente del cuerpo por debajo de la ropa, una especie de alergia en la piel. Y no puedo detenerme. Recuerdo lo del agente naranja buscando una excusa racional, pero no me preocupa la razón de lo que me acosa. Siento el mal en mí a sol y a sombra, noche y día; no descanso porque los sueños transitan siempre por esa misma inquietud de la ferocidad.

Una semana más tarde, salgo del trabajo con la fiebre persistente ya instalada como parte del cuerpo, siempre al borde de la náusea, del estallido. Es algo que imagino parecido al miedo a la zozobra en el barco inmigrante, una fractura de algo que se está partiendo y se disgrega por dentro. Pero en vez de ir hacia el sur, en lugar de volver a casa, camino hacia el oeste. Tomo un tren desconocido en una terminal gigantesca atestada de gente. Las estaciones suburbanas van desfilando una a una como accidentes irremediables. El tiempo se volatiliza con el paisaje fugaz en las ventanas. No sé dónde estoy; el vagón se ha ido vaciando. Bajo del tren en un andén desierto y me quedo un instante observando la imagen del furgón de cola hasta que desaparece en el horizonte. Camino; la calle es de tierra, casas sencillas, mal terminadas, de trabajadores que reparan y emparchan con sus propias manos, a los ponchazos. Me detengo: es una prefabricada, mitad madera mitad bloques mal revocados. Sé que es allí. Atravieso el portón de entrada y sale la mujer pequeña, algo rústica pero fuerte. Es joven, tiene el pelo oscuro y largo, opaco como ella; su figura amable, vestida con extrema sencillez, remite a esa opacidad. Me sonríe mientras ladra un perro; creo que estaba esperándome. Ella también menciona mi nombre, no el del muerto. Quizá él utilizaba el mío, imagino. Entro. Es un hogar precario como ella, pero un hogar. Las cosas están dispuestas de un modo similar al que re-cuerdo en mi casa de infancia, como si alguna norma, un dicterio idéntico para los objetos se extendiera hasta allí, tan lejos de mi lugar de partida. La mujer que me llama por mi nombre sirve la comida; hay un par de chicos a la mesa. Sonríen.

Ella me quita la camisa transpirada. Nos acostamos. La ansiedad cede y comienzo a sentir el frío nocturno. La fiebre ha des- aparecido; ella apaga la luz y, en la oscuridad, extiende un brazo sobre mi pecho. Oigo los grillos antes de cerrar los ojos. En una silla, tendida, la ropa ajena orea su pasado, respira este aire rústico y vago que mañana también será viejo.

NICOLÁS PEYCERÉ

Nació en Buenos Aires. Médico y escritor, su obra editada comprende los libros de poesía *Almotamid*, *Sísara y Juan* y *Poemas Elegidos*; las novelas *El Evangelio apócrifo de Hadattah*, *La explicación*, *Las muchachas sudamericanas* y *Los días sentimentales*; y un ensayo semántico filosófico, *Additamenta*.

También escribió los artículos "La redundancia", "la novela de la mirada", "encuentro" y "las doce reinas", que aparecieron en revistas literarias y de psicoanálisis.

UN CUENTO MORAL

Mis zapatos tenían la humedad inferior impura que subía por las piernas. Enseguida iba abruptamente hacia mi torso y tocaba los huesos clavículas. Yo sentado, me movía con la silla de ruedas por el parque. Las ramas en fugas enverdecían el cielo. La neblina cercana vibraba. Había unas zonas para las neblinas. Las frases que pensaba perdían un orden. Y volvía a la casa hospital cuando bajaba ya una penumbra grave a mis espaldas. Y me daba cuenta de que lo que una primera oscuridad me iba borrando eran las manos.

Porque entré a la casa hospital empezaron todas las prudencias. Pero también empezaban las voces ruidos y los ecos en las maderas. Y llegaba el corpulento Guillerm que me apretaba con una mano un hombro sin vacilar, o me besaba una mejilla. Y entraba enseguida el otro Guillerm, también corpulento, de músculos sólidos y ojos de antracita.

¡En nombre de Dios! Entonces las mujeres jóvenes de guardapolvos blancos se escabullían por los pasillos, o quedaban junto a las puertas. Cimbreaban con olor de anís, desdeñosas. Muy deseadas, si se descubrían un antebrazo blando y también una pierna blanda que el sol había ennegrecido. A veces se desabotonaban un poco. A veces se quitaban la cofia para soltar los pelos, que eran negros, o de óxidos. Rehacían un ballet clown. Tal vez una escena de casa mala.

En algún caso, tomado de un estado de rareza, conseguía salir de la silla de ruedas, arrojándome sobre alguna cama estrujada, abominable, y abandonaba mis miradas; por las paredes semidesnudas, de núcleos de grave cemento gris, o por unos muebles laqueados lisos. Y seguía en un desarreglo y dispersión de ideas.

Soy alguien que no tiene casi nada. Apenas en un estante de un armario, se hallan mis papeles amarronados, una billetera roja con monedas sin uso y tres paquetes incómodos atados con hilos.

Uno de ellos es pesado y de forma geométrica. Parece un arma. Estos dominios, mis dominios, son como los de las palabras torpes venidas hacia los bordes de mi boca. Pero encerradas, no desplegadas. Quizá sea yo un infeliz y un genial.

Durante el anochecer, en el parque de afuera, a través de las ventanas, veía el enjambre de árboles y arbustos atrapados en el viento. Oía los soplos de ese viento y los ruidos de varas al quebrarse. Había muchas zonas activas. Mi alma quería hacer somera la noche.

Y pasaban fugaces por las habitaciones los profesores de patología. Compilaban en la desembocadura de las puertas, cerca de las camas metálicas articuladas. Hacían tretas sucesivas ellos. Y cada rumor me inflamaba. Mis suposiciones eran fuertes; conseguía saber brevemente de algo. Porque ellos iban con intenciones y con alguna cámara *Istamatic*, ocupados en enfocar. Mientras las mujeres sonreían.

Una vez merodeando, en la silla de ruedas, por un pasillo, vi la entrada de un Guillerm, rápida, deslucida, a un dormitorio de mujer paciente. Desde afuera mi atención se tensaba. Desde los vidrios y postigos semiabiertos saltaban gotas de luz amarilla hasta mis suelas, hasta mis piernas. Mientras el pasillo, hacia el fondo se volvía negro de carbón. A veces formé reemplazos de las palabras que mal oía. Por ciertos ruidos me pareció que la mujer estaba vestida de lino lavado; dispuesta a esperar con intenciones, quizá aceptando. Entonces sin vacilar busqué, traje y apoyé sobre mis rodillas juntas el paquete geométrico, ancho, pesado, el paquete formado con diarios antiguos y cuerdas de nudos.

Ella hablaba, "Un lápiz de labios, por favor, que es necesario para mi cara que siente pesadumbre, o está trastocada en modos de desvergüenza, también, y fofa, de ojos muy abiertos en lo tenebroso; ¡ay!, imposible de considerarme sin un lápiz de labios".

Guillerm decía, "Fue el otro, el entrecruzado duende que quiso enroscarla, ovillarla, hacerla de un barniz, para imaginarla y dominarla".

Y ella, "Eso no, antes de que él pusiera sus manos debajo de mi nuca yo era una máscara de seda; ahora soy una tela fofa que necesita un lápiz de labios".

Y Guillerm, "Él procedió con la maldad, no como distraído; hacía cosas de mucha intención".

Y ella, "Él viene, hace juegos, me levanta el ruedo de la falda lo más que puede, me toca los muslos bastante como hecho casual, y con expresión de ido después me alza y baja los pechos; él tiene el veneno pero es considerado".

"Lo interrumpo Guillerm, ¿no puede esperar hasta mañana?, esta noche le correspondo a él y así lo haré".

"Lo interrumpo Guillerm, usted está retenido, usted se hace de un desvalimiento, pensé que me diría algo importante, me ama, ¿no es verdad?, pero no es un artista nítido, no provoca unas sensaciones para que estalle mi piel; en los estremecimientos románticos".

El arco de mi mandíbula se estiró. Algo se movían las luces por lo vidriado. Pensaba si la mujer seguiría con prevenciones. O si se habría de poner en la frente la cinta con el nombre, Madre de las rameras. Me llegaba una acedera al estómago, mis piernas se acalambraban; cortas como son, y flacas, azuladas, llena de atrofias y bulbos, tan incapaces. Entonces salió Guillerm, rápido, fantasmal, murmurante, se fue por lo carbonoso del pasillo.

Empecé a desatar el paquete de forma de revólver. Nudo tras nudo, nervioso, lastimándome, haciendo trizas los papeles. Tenía que actuar. En la casa hospital no se seguía la doctrina de las costumbres morales. Que es lo que toca al fuero interno, a lo principal de la vida humana. Sí, a la simplicidad ascética. Pero ellos suprimen las sentencias, la racionalidad, la virtud invariable del bien. Pues, no es de certeza lo que dice Schopenhauer, de que sea difícil establecer los fundamentos de ese bien. Porque sé mucho, que los fundamentos son el justo medio, la línea horizontal, el río inmóvil. El rasgo continuo, más importante que todas las mutaciones. Una ciencia de derecho, de toda voluntad. Contra la sensualidad natural de estos días. Y deberá hacerse una crítica de esa sensualidad, con la más fija e implacable ironía. Pero no dejándose llevar hacia una ironía de la ironía, como evoca Schlegel; que no es un pensador confiable.

Me costaba desatar los nudos apretados.

Pero uno debería verse libre de la prisión del cuerpo, aman- do con fervor los preceptos, los clichés, lo que rige y crece como un árbol para la justa reputación. Un árbol elevado, gallardo, de jugo lechoso. Un árbol para los prados, o insertado aún en los barrancos escarpados. Uno originario de un país noble como Persia, con las ramas iguales a frases auto-productivas. Uno de corteza pardusca, de hojas alternas, ásperas, cordiformes, dentadas en sierra, divididas en lóbulos escuetos, de un verde preciso.

Entre las meditaciones estaba por desatar el nudo final. Pero llegó apurado el otro Guillerm. Sus piernas eran ágiles y sonreía lo más. Seguramente sin verme, entró como precipitado en el cuarto de la mujer y cerró con firmeza los postigos y la puerta. Me hizo perder las luces amarillas del cuarto. Pero desde afuera, mis orejas largas, acostumbradas a la insignificancia, a lo imperceptible, oyeron la crudeza, los detalles que no se soportan ¡Oh, mi Dios justiciero!

Había conseguido desatar el último de los nudos. Entonces tenía en mis manos ardorosas un revólver verdadero. Acaso listo para actuar. Y escuchaba los siseos que venían del cuarto de la mujer. Y enseguida uno ruidos que eran tal vez de forcejeos super-puestos. Y eran también chirridos, quejas de flejes, de resortes, de muelles seguramente imposibilitados de adaptarse a unas deformaciones eventuales. Y además oí diversas trompetas de buque, o la expulsión de fluidos por una espita. Como de una técnica mixta.

Mi pecho estaría abrillantado por el sudor. Me sentía con ganas de hacer exclamaciones, de lanzar gritos que aterraran. Tenía el arma con mis manos. Un revólver seco, pizarroso, escabro- so acaso, de fuerte geometría. Un revólver sistema *Smith Weson*, construido en la fábrica *Orbea* de Eibar, de los llamados de doble movimiento, con percutor de retroceso libre y un cañón de 10,6 milímetros de calibre medido fuera de las rayas, siendo estas cuatro. Aunque se distinguía por su boca que en tres había un fuerte rojo de herrumbre. Y las otras mediciones eran, que toda la longitud del cañón tenía 125 milímetros, y el arma total pesaba 890 gramos, según los catálogos. Pero quizá fuera más por el aumento de la suciedad y las partes herrumbradas en el percutor y en la cola del disparador que estaba endurecido, fijo. Y el cilindro giratorio de la recámara, herrumbrado, no giraba. Y tenía una rajadura vertical honda, herrumbrada.

MARINA SERRANO

57

Marina Serrano nació en Quequén, Buenos Aires, en 1973. Sus primeros poemas aparecieron en la antología de poesía *Hotel Quequén* (sigamos enamoradas, Buenos Aires, 2006). Publicó *Formación hospitalaria* (2006), mención II Premio Internacional de Poesía Revista Prometeo para libros publicados en Lengua Castellana, Medellín. Su libro inédito *La diástasis de las Tibias largas* mereció una Mención del Fondo Nacional de las Artes (2006).

COMPLEMENTARIO

Un grupo de árboles separados por distancias regulares no proyecta sombra, cosido a una hilera de raíces. El descampado ajeno diverge hacia occidente. Ariel camina junto a Lisandro. Los pasos de ambos, algo arrastrados sobre el ripio, aventajan el aura seca que los envuelve, es la parte terrena de Venecia. De mal humor, se detiene al borde del camino, lleva un vestido lila muy escotado y la tela se pliega en forma de "U", ambos extremos superiores cuelgan de los hombros. Comienza a arrancarlo, tironea desde el pecho, abre las costuras o raja el género, da lo mismo, el crepitar de los hilos o el estertor cavernoso, grita, y mientras sus pies martillan el aire, un círculo acotado se graba en el suelo como un mandala. Bajo los colgajos asoma un corsé terapéutico, utilizado para inmovilización del raquis lumbar. Lisandro observa, a una distancia prudente, el devenir de la locura, o la histeria, que no lo intranquilizó. Tras ese breve momento de contemplación, un aluvión áspero volvió turbia una hipérbola en el aire, cientos de abejas comenzaron a invadirla. A ella y sólo a ella que era alérgica. El enjambre la cubría rápidamente, la oscureció, sus manos en la cara, y el cuerpo todo contorsionado cerrándose como un feto. Ya no gritaba porque los insectos dentro de sus cavidades, parecían dilatar el cráneo y penetrar en su masa encefálica. No vio ni escuchó las botas blancas acercarse, el traje de apicultor que con las manos untadas en miel, abría sus brazos en cruz y supinaba los antebrazos. Luego, el atractor extraño se alejó con la colmena completa sobre sus espaldas.

En el laboratorio, abandona el traje, se alista para continuar sus labores, es una mujer rubia llamada Amparo, veterinaria, especialista en bichos pequeños. En una piscina de agua muy transparente cría peces y otros animales que nadan en círculo, siempre en sentido horario. Todos son de color metalizado y longilineos. Hay unas cuantas máquinas aparatosas utilizadas para mediciones específicas y ella viste un guardapolvo blanco. Apoyadas en la frente, lleva gafas especiales cerradas a los lados que, a modo de soldador, baja en el momento adecuado. A veces, ciertas pruebas de campo requieren su presencia dentro de la piscina, entonces, se quita el guardapolvo y utiliza una malla especial. Continúa trabajando, a eso restringe su vida.

Piensa en Ariel. Desde que se casó con Lisandro no la volvió a ver, hasta ese día en Venecia. Se empecinó con el matrimonio, aunque lo construyera sobre pilotes y en terreno anegable, quizá fuera el deseo. Las mujeres deseaban a Lisandro, era un hermoso hombre-objeto: culto, atractivo, alto y sociable, sus falencias seguramente quedarían reducidas al diminuto ambiente de la vida cotidiana: ruidos en la mesa, ronquidos, miembro pequeño, nada que no se pueda volver costumbre con los años. Ella lo celaba. "Bombón ¡sos un bombón!" le dijo una amiga en una fiesta mientras reverenciaba los labios carnosos del hombre, todo entró en periodo de dilatación. Los ojos de Ariel se convirtieron en estructuras hiperestáticas: quietos y africanos, tenían restringidos más grados de libertad que los necesarios, era fácil darse cuenta que lo sintió como una ofensa, lo guardaría en el cuerpo ligado con algún tipo de afecto y un disciplinado ejercicio de la memoria. Zelos, uno de los cuatro gigantes del alma: rivalidad, culpa, envidia y celos, diría Chiozza, como un sólido platónico -tetraedro regular, donde una cara existe sólo adosada a las demás como partes de lo mismo- la dominaban, realmente es penosa la carga que imponen al vivir. Por supuesto, de ahí en adelante, evitaron sistemáticamente cualquier tipo de comentarios sobre "Bombón", hicieron carne esa costumbre a punto tal de no percibir claramente que lo hacían, olvidaron prevenir a la nueva integrante en ese refinado arte de anticipar acciones de riesgo. Silvia tomó una foto de la mano de Ariel y no tuvo mejor idea que elegir la frase: "tu marido es un bombón" ¿casualidad, destino? Su reacción fue exactamente la misma, inmunitaria e inespecífica, la exposición a dichas palabras generó una respuesta máxima e inmediata. Sabían que era necesario cambiar de tema. Fue un tiempo rápido y vivo el que pasaron juntas. Años sin Ariel, hasta Venecia…

Totalmente cubierta con ropa blanca y velos, Ariel, entra al laboratorio junto a Lisandro. Las telas enrolladas sobre su cuerpo permiten distinguir sólo oscuridad bajo la frente. Amparo necesita verla, aunque la encuentre deformada por las picaduras, necesita mirar sus ojos en los hoyos, puestos en la cara, y hablarle. Avanza hacia Ariel, pero existe entre ellas una distancia mínima inalcanzable que se verifica, casi a modo de ley, una cierta idea de límite de función donde "x" tiende a "y" sin alcanzarlo jamás. Ariel se aleja, tensa sus músculos y el miedo traspasa la piel, impregna la tela, camina hacia atrás hasta desaparecer. Lisandro explica que ha enfermado, Ariel ha enfermado de "Leukimia". Lo pronuncia así, como si fuera inglés. "Leukimia". Desesperación. Es Amparo ahora la que desespera, es ella, quién arranca partes de sí misma, órganos internos, nobles y cardinales, porque quiere alcanzarla, abrazarla, decirle que la quiere, enferma o sana, reconoce finalmente el sentimiento mutuo. Quiere decirle que moriría, si fuera posible, en el instante preciso en que ella muera. Pero no podía hacer nada. No podía hacer nada como en la mayoría de estos casos.

El origen de las cosas es un cuento de nunca acabar, de nunca aclarar. El origen o el invento de las cosas, da igual. Un recuerdo la marcaba, su viaje a Bariloche, parecía un viaje de egresados. El grupo heterogéneo de amigas compartía una gran habitación. Había un muchacho lindo para cada una, dispuesto, callado, desnudo y bien provisto, como chocolate en rama, regalados en plena fábrica. Ellas no creían que esta prueba las pudiera tildar de mujeres promiscuas. Aquella Amparo joven hablaba con aquella Ariel joven, de literatura, y sintiéndose sometida por una fuerza superior, se acercaban, un poco más, cada vez que ponían un punto en sus relatos. Demasiado cerca, alguien llama desde la habitación contigua, el hombre era inspector de una compañía petrolera y quería negociar, su secretaria, una mujer alta, delgada, de pelo casi naranja lo escoltaba. Él no paraba de hablar acercándose a Amparo. Ariel, de forma lenta pero constante, se retiró, siempre hacia atrás sus primeros pasos. Por la noche, las chicas querían salir a bailar; el pueblo estaba repleto de boliches. Amparo quería estar con ella, descubrió que la amaba, y encuadró su sensación, recostada a lo largo del cuerpo con el Llao Llao de fondo, para tenerla disponible en su habitación, como un adolescente cualquiera.

Lisandro, desparramado en un sillón, cuenta su versión de la historia: "Yo sabía que algo pasaba, porque a la tercera semana de nuestra luna de miel no quiso volver a hacer el amor conmigo".

Amparo estaba furiosa, él le había mentido acerca de la "leukimia", ¿cómo pudo ser capaz de semejante mentira? Tiró la cabeza hacía atrás y sacudió ligeramente el vaso, porque no pretendía decir nada más.

No la volvió a ver, ahora sabía algo importante. Caminó. Los lugares pasaban, reconocía algunas iglesias: "San José Obrero, Nuestra Señora de Fátima, San Isidro Labrador". Algunas tenían mármoles negros, y otras, piedras muy pulidas. Hacía tiempo que no veía edificios con rosetones u ojivas.

Se encontraron, en la Venecia celeste, entre lagunas. Una fortaleza de ladrillos, rojos, algo opacos, abierta a los canales. Y la mujer, que ya no llevaba corsé sino el cuerpo desnudo, hizo que Amparo se aquietara contra una ventana sin vidrio. Cubrió con sus brazos los espacios que dejaban aquellos brazos abiertos en cruz.

Ariel se sentó en los escalones que, desde el arco de la puerta, continuaban hacía la profundidad del Adriático. El agua era totalmente cristalina y cubría el cuerpo sedente hasta el nivel del ombligo. Sus piernas flexionadas dejaban las rodillas fuera del agua. Amparo la besó, sintió que había esperado toda la vida este momento, y se lo llevaría consigo. Siguió como un lienzo de aceite deslizándose sin solución de continuidad sobre su cuerpo. No era sexual, era un afecto despojado de intereses, un no-sentir el imperativo del cuerpo o la dualidad. Era sólo amor. Descendía desde su rodilla izquierda. Sumergió la cabeza, a pesar de la impresión que le produjo el agua en la nariz, y continuó besándola. Llegó al pubis, abrió los ojos capaces de ver nublado en el líquido, y buscó la sombra oscura. Y lo claro entre lo oscuro. Era varón, tenía genitales masculinos.

— "Por eso me casé con Lisandro, porque comprende lo que soy, es mi complemento"

Y Amparo pensaba: "¿El complemento? ¿Lisandro es lo pasivo? Ella es mujer, estoy segura ¿No la vi embarazada? ¿No la vi en la playa?" Volvió a abrazarla. Se deshacía de pena, de amor, comprendía sus secretos.

—"Voy a amarte siempre" —contestó en voz baja.

No soltó el abrazo, no quería separarse. La invitó a la India, al "Tahmajal".

MNÉMESIS

Un montón de cenizas en el suelo entre las líneas blancas del estacionamiento. No encuentra la camioneta sino el sitio que ocupaba. Cuenta los espacios, suelen tener letras o números que facilitan la ubicación, intenta reconocer el punto de partida, los objetos que podrían transmutarse en boyas o bengalas. Es el lugar, no le cabe ninguna duda. Gira la cabeza, el cuerpo en aparente estado de calma, pregunta:

—¿Los chicos que estaban en la camioneta?

El bombero guarda las herramientas, su trabajo ha terminado, lo interesante de la acción ya sucedió, resta el orden. Coloca las cenizas en una caja de vidrio junto con otros restos: plásticos retorcidos, algunas piezas amarillas, retazos de espejo sin filo. Podría confundirse con una de esas grandes alcancías transparentes utilizadas para recaudar donaciones.

—Están todos muertos —contesta.

Las tragedias ajenas son infortunios, mala suerte. La morbosidad hace que la gente se agolpe, y la falta aparente de cadáveres disminuye su curiosidad. Un par de visitantes detenidos frente al producto de la combustión se declaran mutuamente: "No somos nada". No está claro si confunden "fuimos" con "somos", o si se protegen mágicamente con una doble negación: si no somos "nada", entonces, somos "algo". Ella se abre camino y apoya las palmas de sus manos en la caja, pecera seca y abandonada contra la frente, le tiemblan los labios mientras habla sólo para escucharse: "No puede ser, tengo que estar equivocada… está sucediendo, pero ¡por Dios! quiero estar equivocada…. No podés estar acá ¿qué voy a hacer sin vos? ¿Por qué estabas con él? ¿Por qué tenías que estar ahí? ¿Por qué en medio de la tragedia pienso en mí? ¿Por qué? Ni siquiera ahora, puedo dejar de sentir culpa y dar lugar a mi egoísmo." Se pregunta con una regularidad martirizante, no hay tiempo para respuestas. Desespera, y su desesperación se comporta como una función cúbica, plegándose al eje de las "y". En la camioneta se encontraba Celina junto a su novio y dos personas que no recuerda. La imagen de Celina la sobrepasa, no hay resto. No sabe si hay lugar para la tristeza o el dolor, en ella lo sucedido se instala rodeado por una membrana impermeable sin canales o poros abiertos. Le estalla la cabeza, parece haber perdido la capacidad de pensar junto a las demás funciones cerebrales superiores.

En sentido contrario, reinicia la carrera. Entra a ese lugar de donde había salido, traspasa las puertas de vidrio, y en medio del espacio grita: "¡Alisio!". Busca en cada esquina, en cada sala. Nadie presta atención, quizá no la oigan o a nadie le importe. Él no está.

Lo que duele es la ausencia. Lo que nos interesa es la ausencia. Su segunda piel. Acostumbraban andar juntas, considerando, por supuesto, su propia parquedad, el tiempo de las discusiones y el de los amantes. Se separaban pocas veces. Cuando tuvo que viajar a México sufrió pesadillas tremendas: le amputaban un hemitórax, parte de la laringe, un brazo, y ella, abrazada a lo restante, decía "te quiero, no te preocupes". También soñó que la muerte venía a llevarse a alguien, pero sabía que no era a sí misma, nadie sueña su propia muerte. Eso era una de las pocas cosas que recordaba de "Psicología y Alquimia". Rogaba que no viniera por Celina. Más adelante supo quién era el buscado, y además, que algunos sueños, percibidos en tono diferente a los habituales, no son fantasías o cumplimiento de deseo.

«México, D.F. Mi monita tití,

¿Cómo se te ocurre pensar que la vida es más fácil sin vos? Hoy fue un gran día, estuve en el claustro de Sor Juana. Remodelaron el edificio, es ahora una universidad y hay que pedir permiso para entrar, es una pena, no saben lo que tienen. Conserva los patios, algunos pequeños cuartos en ruinas y la capilla de San Jerónimo. La capilla tiene rejas, como en la película. Cuando vi la placa que decía estar, probablemente, sobre los restos de Sor Juana, sentí reconocerme a mí misma, pero muerta. Quise caer de rodillas, pero no lo hice, las personas que a lo lejos se dedicaban a otra cosa me produjeron una sensación extraña. Hay un patio de gatos, les saqué un par de fotos porque sé que te gustan. La comida está buenísima, también te gustaría. Al salir del claustro compré un jugo combinado de naranja y mango, y al verlos, a los mangos en la licuadora, me acordé del *supermarket*, de las espinacas, y luego, compré churros. Caminé por la calle, de lo más feliz».

Ella había conocido a Alisio en la Universidad, lo admiraba. Era alto y tenía una forma particular de erguirse: su vertical era el producto resultante de una serie de palancas óseas trabadas sistemáticamente. Cierta vez había llorado frente a él. Había algo extraño en su actitud, su cercanía la predisponía al llanto, entonces, lo reprimía o escapaba. En aquella ocasión, se acercó levantando los brazos y ella se escondió en el hueco, y lloró. No se permitía con facilidad cierto tipo de demostraciones, dejarse ver "en carne viva" –cómo decía él–. A raíz del hecho acontecido y su irreversibilidad, se vio obligada a confiar en las intenciones y el intelecto, a abrir, en el decir ordinario, su corazón y su mente. Pero Alisio cortó sus ilaciones cuando dijo:

—Yo, para vos, soy como tu abuela.

—No. No puede ser —retrocede— No puede ser.

—Soy tu nodriza, tu iniciadora.

"No puede ser, Alisio no tiene siquiera una función simbólica similar… me asusta. Me asusta él y el significado de sus palabras. Tanto nodriza como iniciadora son figuras femeninas ¿Por qué se atribuye tal cualidad? Iniciadora: quien inicia a otro, quien guía, es una figura femenina, porque sólo a través de la mujer se encarna el espíritu, y mientras este no toma realmente carne, cualquier celebración carece de sentido ¿Será la sacerdotisa? El aspecto de la divinidad, entronizada, con su traje de ceremonial y su tiara, representante del poder espiritual, en sus manos un libro abierto. No escoge, es escogida. Es Sofía. Quizás, Alisio, tenga razón..." Se va decepcionada. Corre, ahora como se corre después de haber llorado y sin saber adónde. Entre cuatro direcciones, elige una y luego cae. Cayó una vez sobre los rosales cuando era niña, pero ahora no le duelen las espinas, una vez incrustadas no se percibe prácticamente nada si se permanece inmóvil.

Pasó mucho tiempo desde el incendio. Junto a su hermana, en el camino viejo, confesó que no podría permanecer ahí, pensaba irse a Canadá. "Estoy desesperada, no puedo con el recuerdo, me martirizan las pesadillas. Ayer soñé que corría sin parar, caía. Por un momento creí estar muriendo y los demás también lo creían. Comenzaron a tratarme "como sí": me extienden en el piso, yo sólo pienso, ponen tres toallas enrolladas sobre mí; sobre los ojos, sobre el cuello, la restante en el abdomen, hablan en mi velorio, mientras yo sólo pienso y los pensamientos me aturden. Permanezco inmóvil, imagino la vida encerrada en el cuerpo ¿Qué será de mi eternidad encerrada en el cuerpo? Me van a meter en un cajón, no lo voy a soportar, no quiero estar dentro. Muevo los brazos hasta resucitar, quizá nunca estuve muerta, no lo sé. Todos se horrorizan. Se visten con trajes y mantienen cierto recato, cierta altura ante la situación. Temen. Me temen, se encuentran realmente espantados. Un hombre dice: "no tiene mal olor", lleva un traje amarillo con telas blancas y rosas. Bailo con él. Es difícil tocar a un muerto, no lo sé, quizá eso sea lo que estén pensando. Y así, vivo el día tratando de olvidar la noche. Necesito irme, irme."

Una al lado de la otra, repiten mecánicamente sus pasos, en el camino encuentran a su abuela. Cierto rasgo de carácter, cierto porte autoritario las hace callar. La abuela llora y se seca los ojos con un pañuelo de tela, luego, limpia los lentes, su actitud genera en ellas un particular estado de desorden interno, no reconocen el motivo ni el origen. No entienden porque llora. La abuela gira la cabeza y les dice: "Después de todo, también era mi hijo".

El tiempo, el escombro de las veredas y el granizo le acribillaron los dientes. Comenzaron a dolerle los dientes. Retrocedió dos pasos. Era su padre, aquel día, en la camioneta, uno más. Lo regurgitó en ese momento, la certeza existió desde el instante mismo del hecho y aquellas palabras sólo produjeron su efecto emético. Su incapacidad de recordarlo la dividió, y luego la culpa, otra vez. Fue la mitosis de un afecto. Volvió a correr y a gritar: "¡Alisio!".

FERNANDO CALLERO

Nació en Concordia, Entre Ríos, en 1971, pero se radicó en Santa Fe en 1990 y, desde hace 13 años, en Santo Tomé. Publicó el libro de cuentos *El ojo de Víctor* (2000), *Ramufo di Bihorp*, poesía, Premio provincial de Santa Fe, José Pedroni 2000, y la novela *El espíritu del joven Borja* (2007). Por su cuenta, *Aniversario*, libro de poesía con cd de canciones del autor; *El amor, la cotilla de la lengua* y recientemente *Romance de Mario y Rosa* y *Poesía castellana*, ediciones artesanales. Es Licenciado en Letras por la Universidad Nacional del Litoral. Dicta clases de Lengua, guion y un taller de periodismo en una escuela media. Lidera el grupo de rock Salvador Bachiller: www.purevolume.com/salvadorbachiller

¡FANTÁSTICO!

1

De Ibiza a San Antonio, en auto, un domingo a mediodía: Esmat, Andrea, Valeriana y yo. Vamos desayunando bananas con mate amargo, hablando poco, como con telarañas en la voz: una membrana invisible extendida sobre la memoria de ayer y, en general, sobre todo lo que quedó antes del llamado de Florencia, esta mañana.

Montañas blancas, lactales, y arbustos insolados recortándose contra el celeste chirle y volátil del cielo, en perfecta ecualización con el compilado Buda Bar que venimos escuchando en el estéreo. Hasta que llegamos al punto donde hemos quedado en encontrarnos con Flor, la amiga de las chicas que hoy cumple años.

Reconocemos el coche, un Peugeot pequeño, idéntico al nuestro hasta en el color, además de ser el único estacionado a esa hora en el playón de un centro comercial. Cruce de saludos y arrebatos de cariños destinados al bebe que viaja de acompañante, muy serio, en su sillita. Bocinazos, maniobras, y otra vez en la ruta.

En un punto, las luces de freno del auto de nuestra anfitriona parpadean y se encienden. Nos acercamos. Ella nos indica con la mano el camino lateral que trepa poco menos que verticalmente una montaña con forma de cabeza de ballena. Cerca de la cima vuelve a detener la marcha y solicita un voluntario para que baje a abrir el portón.

Voy yo.

Hago todo el procedimiento afectando gravedad, sintiéndome un arriero que abre la tranquera para dar paso a una tropilla excitada y ruidosa. Humo de escapes, crepitar de piedras mordidas, ¡brum, brum!, y yo que voy corriendo tras ellos. Una tranquera más y ya estamos en la finca.

El jardín delantero parece desierto y la única indicación de que la casa esté habitada la dan las cortinas descorridas del salón y un pastor alemán que baja dando tumbos desde la terraza de lajas.

¡Hola Custcher!

Ahora aparece Sven, marido de Flor, quien resultará ser el verdadero anfitrión de la fiesta. Un alemán de ojos claros y melena paya, desmechada, muy parecido a Sting. Lleva un delantal blanco, salpicado de agua, y un gorro de cocinero mal cortado y, sinceramente, ridículo. O es que quizás el bueno de Sven no lo sepa llevar, a pesar de su cándida sonrisa.

¡Bienvenidos!

El alemán se acerca al coche de su mujer, la besa y se apresura a recibir en brazos a su hijo a través de la ventanilla. Uno tras otro vamos descendiendo para ejecutar el rito de estrechar las manos, hacer cosquillas al bebe y propinar sonoros besos a la del cumple, que luce muy fresca y elegante con su vestidito Adlib.

—Tenemos cerveza helada y bocadillos aguardándoles. Es un placer que estéis aquí temprano para darnos una mano.

2

Pero resulta que ese detalle nosotros no lo sabíamos. Al parecer las chicas sí, pero ¿y nosotros? O sea, todo bien, pero Esmat y yo pensábamos otra cosa. Sobre todo porque ya habíamos trabajado de sobra durante la semana, lavando platos, limpiando hosterías. Entonces Valeria, que nos adivina el gesto, viene a ponernos al tanto del asunto.

La verdad de la milanesa es que esta magnífica casa no es, como creíamos, propiedad de la joven familia de la agasajada, sino reciente inversión de un suizo millonario, un tal Carlos, "amigo" y, desde hace poco también, "socio" de Sven en una incipiente empresa de catering que hoy mismo, y con el pretexto del cumpleaños de Flor, tienen pensado comenzar a explotar.

La presentación formal de "Ibosim lunch" cuenta con la colaboración espontánea de nuestras desinteresadas manitas. Esto es suficiente para explicar el hecho de que hayamos sido los primeros en llegar, puesto que los "verdaderos invitados" lo harán bastante más tarde, una vez que todas las delicias hayan sido dispuestas para el disfrute.

Aparecen el suizo y su mujer. Un matrimonio maduro y encantador que no para de agasajarnos con cumplidos, mientras se aplica con diplomacia a presentarnos las maravillas secretas de la casa: un árbol gigantesco plantado en el interior (dentro de un prisma de cristal emplazado en medio de la sala), una colección de alfarería celta, dos o tres Goya originales y, en el terreno del fondo, varias casitas montañesas independientes, según nos dicen, destinadas al alquiler.

En el parque trasero, junto a una piscina celeste en forma de riñón, han levantado una jaima blanco y negro. Por indicaciones del alemán, Esmat y yo comenzamos a instalar cerca de allí cuatro mesas de caballetes. Las chicas vienen detrás vistiéndolas con manteles de papel blanco y volados de crepe fucsia ajustados con chinches. Una vez concluida la tarea atinamos a volver por nuestros tragos, pero el hiperquinético Sven nos intercepta y con su sonrisa jovial, irresistible, nos arrea hasta la cocina.

—¿Haríais el favor de lavar y pelar esas hortalizas? ¡Fantástico!

Esmat, el novio de Andrea, no sólo es marroquí, sino también tartamudo, y su repertorio de maldiciones y exabruptos, lejos de sublevarme, me hacen reír. Así que, en menos de veinte minutos, despachamos también esa tarea con buen humor. A fin de cuentas, trabajar aquí es toda una experiencia. Un arsenal de utensilios al servicio de las más insospechadas funciones, como cortar, rebanar, mechar, rayar, espigar… y, de acuerdo con ellas, los materiales apropiados: teflón, acero, acrílico, poliéster, entre otras sofisticadas aleaciones de mágica manufactura, a nuestra entera disposición. Hornos metálicos, encendidos y restallantes, preñados de vegetales exóticos con nombres irreproducibles, soltando jugos y fragantes vapores agridulces: el azafrán, el curry, la cúrcuma, el jazmín. Y la incuestionable pericia del joven alemán quien, sin abandonar jamás una sonrisa que parece haberle venido de fábrica, reboza, filetea, rehoga y sazona con tanta frescura que a cada momento parecería estar diciéndonos: ¡*Voila*!

Me apresuro, entonces, entusiasmado, a cazar la próxima orden al vuelo. Se trata de trozar una horma de queso del tamaño de una rueda de coche, e ir colocando los cubos en pirámide sobre una bandeja plana de madera. Como en la cocina hay poco lugar, se me ocurre sugerirle a Sven la idea de trabajar en una de las mesas del jardín. Una mirada recriminatoria de Esmat, desde detrás de una pila de cacerolas sucias, me obliga a morder las últimas sílabas de la frase a fin de contener una maliciosa carcajada.

— ¡Oh, claro, ¡Fantástico! Déjame que te ayude…

—No te preocupes, puedo solo.

Además de la cuchilla, cargo un Martini con mucho hielo. La picada me lleva los próximos cuarenta minutos. Me recalqué la muñeca.

3

Cae la tarde. Algunos fumamos callados en el pasto y otros charlan en la galería guardando su turno para darse una ducha. El sol se repliega pronto tras el reparo de las colinas, aunque su luz persiste todavía como un fantasma sobre las cosas. Minutos antes de que enciendan el spot, parecían flotar en un aura turbia.

Comienzan a llegar los invitados en sus coches. La próxima curiosidad que compartimos con Esmat viene de la mano de un asunto, al parecer, novedoso en el grupo; un chimento que circula mucho entre los comentarios de la noche. Se trata de la presencia de dos parejas con paternidad compartida, es decir: el niño que viene con los morenos que fabrican ropa de hilo es hijo de la chica con el rubio de la otra pareja que vino con una niña cuya madre es la morena de la pareja anterior. Bueno, algo así.

Al respecto, Esmat manifiesta silenciosamente su opinión empuñando armas blancas, cimitarras imaginarias en su mano con las que en varias oportunidades me acuchilla la pierna por debajo de la mesa. Entiendo y me da risa lo que me quiere decir. ¡Celos! ¡Matar!

Esmat es como un niño, pero claro, es un decir. Los verdaderos niños de la fiesta son hermosos y muy bien educados. Saben jugar sin amenazar la tranquilidad y apenas piden lo necesario. Con apenas siete u ocho años, estos chiquillos se muestran muy locuaces, atléticos y desarrollados, y no paran de tirar figuras desde el borde de la piscina. Pero lo que más nos sorprende es escuchar a cada uno de ellos llamar naturalmente "mamá" a una misma mujer, y "papá", indistintamente, a uno u otro de los jóvenes esposos. Cosa que, me trevo a confesar, despierta una sensación ambigua, como de rechazo y respeto al mismo tiempo, en los dos muchachos que somos: Esmat, el marroquí, yo, el argentino.

Pero Esmat fuma, bebe cerveza y encima vive en concubinato con una cristiana en Ibiza desde hace poco menos de dos años, no sé qué tanto viene ahora a ofenderse frente a la liberalidad de estos swingers, o como se quieran llamar. Hippies evolucionados hacia nuevos paradigmas eróticos y textiles. Una pedagogía esotérica e itinerante, universal, germánica, luminosa, que ni a Esmat ni a mí nos cabrían en la cabeza.

Juegan y ríen los niños, ¿si no qué? Y los aperitivos: cuencos con puré de paltas y otras cosas por el estilo, se vacían a la par de por lo menos doce litros de Martini y otros tantos de cerveza. La función de la jaima, pronto nos enteramos, es ser dispensario de las raciones de arroz con curry, con las opciones: con o sin salsa de gambas, largo, fino, con o sin esencia de jazmín.

Pienso que de haber sido yo el director de la orquesta jamás nos habría invitado. Pero ya estamos aquí y es… ¡Fantástico!

SUSANA CELLA

Autora de los poemarios *Tirante, Río de la Plata, Eclipse, De Amor* (dientes, paredes arrugadas), las novelas *El Inglés* y *Presagio*, el ensayo *El saber poético. La poesía de José Lezama Lima*. Publicó poemas y ensayos en revistas y capítulos de libros en Argentina, Chile, Cuba, España, Estados Unidos, Francia, México y Uruguay y realizó numerosas antologías poéticas con estudios preliminares. Traduce literatura en lengua inglesa, entre otros títulos: *Irlandeses, Algunas historias de la era del jazz, Antología del cuento norteamericano*. Colabora en revistas y periódicos culturales. Profesora e investigadora en la Facultad de Filosofía y letras de la Universidad de Buenos Aires. Coordina el Espacio Literario Juan L. Ortiz del Centro Cultural de la Cooperación.

VOLVIÓ UNA NOCHE

—Toma clonazepam para espantarse la muerte —nos estaba diciendo de nuevo el Médico, no porque fuera, así le había puesto un día José Miguel cuando no dejaba de nombrar remedios como el que ahora mismo decía, los nombres de las drogas, no de mar- cas, experto en drogas era a lo mejor más apropiado, pero un poco largo para apodo, y decirle el Drogadicto nos habría dado lástima porque se había curado más de veinte años atrás y todo lo que le quedaba del añejado hippismo y roquerías, además de saberse los nombres de tantas sustancias, así las llamaba García por no sabíamos cuál motivo, era un pelo capaz de ser al mismo tiempo seco y duro y de estar permanentemente engrasado, todo tirado para atrás, largo y un poquito enrulado en las mechas con que terminaba la cola de caballo que le llegaba hasta la mitad de la espalda, gris suciedad mezclado con algunos mechones o bien negros o bien blancos, también de grasa y alambre.

Por tomarse las pastillas estaba Evidencia, siempre le pegábamos a los sobrenombres en el poste, le quedó por todas las ve- ces que nos dijo que no quería ponerse en evidencia, y qué cosa era eso, todos quisimos saber la primera vez que le oímos la expresión, porque para nosotros nada tenía que ver dejar arriba de la mesa un encendedor lindo, la verdad, lindo, que le habían regalado, con evidencia de qué, era evidente que un encendedor tenía, le retrucaba el Médico, además la evidencia no es un pulóver o una camisa que se pone y se saca, la evidencia es lo evidente, lo que se ve, explicaba ahí mismo José Miguel, por saberlo muy bien de andar siempre escondiéndose no de malvados perseguidores, ni de enemigos cobracuentas, sino de la madre, que cada vez que pasaba por el café envuelta como si de tules fuera, en una nube vaporosa de naftalina que poco le había quitado lo apolillado, más que miraba, escudriñaba todas las mesas a ver si el hijo estaba ahí para en caso de que sí, entrar, insultarlo, y de paso a todos los acompañantes, por vagos e inútiles y decirle que de una vez se buscara un trabajo o una mujer o si no iba a tener que dormir en la calle y comer las sobras que le dieran por ahí. José Miguel había tomado la decisión de esconderse ni bien se avistaba a la señora, en el baño o atrás del mostrador, agachado, total que si no lo distinguía a primera ojeada penetrante, levantaba la cabeza, la nariz y se alejaba rápido como si de un infierno escapara.

—Que algo de razón tiene no lo podés negar —le decía Evidencia—. Y para nosotros o el espíritu de la vieja lo habitaba y por su boca se ponía a hablar para recriminarle que a su edad no podía estar todo el día vagando de un bar a otro, mirando la luna, pidiendo prestado como si revoloteara por el mundo igual que un pibe de colegio el día que se hace la rata. Evidencia nunca faltaba al trabajo, nadie le supo ningún problema, nadie tampoco, ningún progreso, como pegado a su silla, repitiendo siempre igual lo que para entonces, años, ya, era, también era para él y nos dijo un día así, cuando lo hicimos tomar más, una sola y única planilla cuadriculada, con un solo y dibujo siempre igual, un solo y único edificio siempre igual a sí mismo tuviera quince, cinco o tres pisos, tuviera jardín o patio oscuro, siempre igual… Para qué, se nos ocurrió, le habíamos dado tanta ginebra si no más los cuadraditos repite, y no nos deja saber qué misterio anda dejando de poner en evidencia, este imbécil Evidencia, pero tuvimos suerte al fin, alguna vez se da, porque él solo, o él mezclado con todo el sustancierío, ya se andaba sirviendo, más de la ginebra y nada de las sustancias, y más entonces fue que se le soltó:

—Siempre igual —lo repitió unas cinco veces igual que si rito de acompañamiento fuera para cada trago que embuchaba. Y ahí supimos el distinto del siempre igual cuando nos dijo del día en que el jardín de las delicias le había pegado encima un gusto barroso y a tierra mojada. El jardín, seguía, el jardín, y tintineo de ín ín, el jardín de los chorros de agua armoniosos, las plantas lucidas cada una en su buen lugar y creciendo, se le escondía a él solo que lo había diseñado, para mostrarle en cambio, la imagen que nadie más que él veía, un agujero pantanoso, tierra floja, arcilla como podredumbre y dos hombres, desmayados, en el fondo. Esa noche nomás fue la distinta, el siempre igual volvió rejuntado con las sustancias y perfume de sales del baño que se había dado para despegarse la sombra roñosa, siempre igual, Evidencia.

—¿Y sería esa muerte la que se anda espantando? Porque no tuvo un trauma en la infancia ni un amor desgraciado, ni lo echa- ron del trabajo, ni ... —llegó hasta ahí García para que no se le notara el temblor, y con ese mismo metido en la boca, se calló.

—Es un no en dos patas, entonces si alguien me dijera de la nada se espanta, entendería el espanto, le decía José Miguel al Médico para que le explicara por qué había dicho de la muerte si no era nomás por eso de hacerse el filosófico que a veces le daba.

—Vacayendo gente al baile —torció el tema de conversación García y como si no hubiera oído que una cosa medio molesta le daba vueltas cuando la veía llegar, Melisita se sentó al lado del Médico y se pidió un café con leche y un sándwich de salame y manteca.

—¿Y no se te revuelve el estómago con esa mezcolanza? —Le preguntaba José Miguel, medio molesto él también, aunque de seguro no por lo mismo que García, con la llegada de esta mina histérica, como decía cuando ella no estaba. Menos le habría molestado que le dijera andate al carajo o algo así que no le contesta- se nada y se pusiera a hacer palomitas con las servilletas de papel.

¿Cuál muerte se anda espantando? La de los dos tipos que por culpa de él, de sus cálculos mal hechos se cayeron al desprenderse la tierra en el pozo. Que uno de los dos, el todo vendado y ensangrentado, se salvara y se muriera el otro, lo más bien, sin nada y que de golpe, cuando los médicos dijeron que lo dejaban un rato en observación, pero que se iba a ir en un par de horas nada más sin saber qué profetas habían sido con esas mismas palabras, se quedó. Muchos años habían sido, y más veces le dijeron que no había sido suya la responsabilidad. Está bien había dicho, listo, a otra cosa y una palma para el finado con asistencia al velorio, pésame y todo en su lugar, el muerto en la tumba, y yo en mis casilleros. Del otro no se había sabido desde ese día.

—Las máscaras, los retratos de los malvados, de ojos penetrantes, arrugas viciosas, perturbaciones mentales, no eran así, y bastante me lo supe —andaba el Médico entusiasmándose con sus teorías—. Esos malos no tenían cara de estúpidos como este infeliz que nunca fue nada, ni nada le pasó, ni nadie lo persiguió, ni tuvo más que lo normal... lo normal, se levantó cuando había que, estudió cuando había que, se casó cuando había que, tuvo dos hijos estadísticamente, una casa con jardín, un perro y una tortuga que se llamaba Manuelita, fue adonde había que ir, vino de dónde tenía que venir, programación perfecta alimentada por neurozepam, lexotanil, migral, hepatalgina, milanta, y otras sustancias, al decir de García.

—Entonces, Médico, cuál es la novedad ahora, por qué se te ocurre que algo distinto le pasa al que nunca nada le pasó.

—Porque el que no se murió, el ensangrentado, se le apareció el otro día y le dijo que lo iba a matar —se metió Melisita más que feliz por conseguir que todos la oyeran con algo de respeto, aun- que más no fuera en esta única milagrosa ocasión que a ella se le pintaba igualita a una solitaria vela en ese laguito de algas podridas como ella le decía al bar sin que esto le bastara para mandarse a mudar para otro, ni le diera para buscarse otra compañía que la de estos mamarrachos, así también los pensaba, y tampoco era suficiente para que no dejara de intentar, contra toda esperanza, que siquiera una sola vez, le tuviera alguno de ellos, la menor consideración a su bella estampa, como la creía nomás ella misma, o también según ella, a sus luminosos decires. Ahora que todos miraban a la vela solitaria, les largó la más importante novedad:

—Le dije al tipo que viniera, ahora, en un rato. A ver si algo sabemos.

—La muerte de él es la que se espanta, Melisita, no la del otro, que no le importó nada o la enterró más hondo que el pozo ése y solamente una vez la sacó, para nosotros y por una botella casi completa, a tomar, como quien dice, un poco de fresco. Así que no sé para qué andás invitando asesinos acá. Ya bastante... —

caída la vela solitaria por violento empujón de García, volvía cada quien a su cavilar.

—De él, no del otro —le hizo el acompañamiento el Médico— aunque nunca en verdad pudo espantársela pero ésa no suele apañarse en los cuadrados.

—No piensa matarlo y ni creo que le haya creído, se lo dijo como metáfora.

—¿Y si se cree que las metáforas son de verdad?

–Son.

—Eso es más bien cierto.

—¿Qué querés decir?

—Nada de nada, por querer decir hablo y digo nomás como sale.

—Las metáforas son de verdad o él anduvo siempre en metáforas de engaño.

—Espantado anda por el miedo de que este otro lo mate – volvía Melisita a la carga y quiso soltar otra frase a ver si se le repetía el efecto de la solitaria vela luminosa en el charco–: el tipo parece que le contó una historia.

—No digas pavadas, Melisita, cuántas historias supo Evidencia y ni lo tocaron, acordate de...– y cuando José Miguel iba a empezar con un recuento más largo cada vez según día por día aumentaban las historias terribles y no las lejanas solamente, de ojos que ven y corazón que no siente, sino las de acá, al lado, en la otra cuadra y así, a las que el Médico ayudaba con sus agregados, García le cortó la parrafada no solamente porque a él sí le dolían las lejanas, las de cerca y hasta las que no eran de veras, y la parra- fada fue en lugar de eso un desfile de conjeturas sobre, y con esto pensó Melisita que al final un poco les había influido eso que ella les dijo de la historia, la venganza del sobreviviente que cuál podría haber sido, y ahí vino el desbarrancado recuento: que le em- barazó a la hija, que lo amenazó con descubrirle alguna estafa, que se acostó con la mujer, o con el hijo. Pero ninguna nos pareció, ni hasta a Melisita, y eso que ella..., ya bien sabían todos Melisita incluida ahora levantándose de la silla para saludar al que entraba, o sea, sin necesidad de aclaración, el fantasma del viejo pasado que no se llamaba Benito, sino Juan.

—Acá está Juan –Melisita como una dama de honor de una reina les fue nombrando a todos y lo sentaron con botella y vaso para hablar.

—Le mostré la foto, del pozo y nuestra, nosotros dos con él y el capataz, los cuatro, y atrás, tierra revuelta. Le dije que recién ahora me había aparecido porque mi silencio fue tan duro, tan igual a las paredes de concreto, que para romperlo no tuve poco que trabajar, pero más le dije, le dije que era el tiempo el que me había agrandado la ausencia, porque un día o dos, un mes, un año puede ser, como si se hubiera ido de viaje, a otro lugar más o menos lejos y volviendo cuando se le agrandaban las ganas o cuando pudiese agarrar el camino y tomarse una temporadita, así más de una vez había pasado desde que los dos, chiquilines todavía, andábamos juntos por donde la brecha se nos fuera abriendo. Era el tiempo, le dije, el tiempo echando capas y capas de veladura y neblina encima de sus cosas, eran las cosas atontadas por no saber para qué estar ahí, sin uso ni mano ni cuerpo. Con todo eso se fue armando una distancia que nunca, jamás, ninguno de los dos había recorrido, por nada ni nadie, así, un agujero negro, como el pozo ése donde los dos, por su culpa, por su cálculo mal hecho, por su tierra firme que era movedizo barro, nos caímos.

—Eso no le habrá movido ni un pelo —dijimos todos

—Ninguno, nos confirmó Juan.

—Entonces qué lo espanta -y ahí lo miramos todos al Médico a ver si le salía alguna sustancia, filosofía o explicación.

—Fue la foto, la que le llevó éste cuando le quiso hacer ver al finado, pero no por la cara del finado, no por los brazos en el hombro, no por la sonrisa, no por el pozo reluciente en segundo plano, sino porque ahí se vio la cara, la que tenía en esa foto, en ese tiempo, y se la pudo comparar con la de ahora, la misma falta de expresión, de madera, impasible, de piedra, como se dice, pero gastada como una baldosa de cerámica estúpidamente transitada por cualquiera, sin huella firme, sin marcas definidas, sin un rayón intencional, el mismo color nada más que desteñido, pura redundancia. Cuántas de esas reemplazó en todos estos años haciendo como si fuera la misma, y ahí se dio cuenta de que todos los jardines están por mentida que su fachada sea, están, a punto de volverle el momento y de que el momento le está viniendo cerca– y en el mismo en que el Médico iba pronunciando esa frase, se nos aparece Evidencia prolijo como de costumbre. Juan ya se había ido por suerte o por desgracia, queríamos verle ahora la cara que de haber estado el otro, podría haber puesto, quizá ninguna, quizá no, igualmente nos quedamos con las ganas. Se sentó con nosotros, fresco, tranquilo según García, como si nada para José Miguel, sosegado agregó Melisita y dopado concluyó el Médico. Se tomó una Coca Cola y nos conversaba de lo que había salido en un diario que él leía y nosotros no. Mucha atención no le prestamos pero no se daba cuenta, menos por lo del tema que porque mientras hablaba parecía que en otra cosa estaba pensando. Por eso mismo se fue disculpando y nos dijo que se tenía que ir a encontrar en el bar de enfrente, uno remodelado que a nosotros no nos gustaba, con el arquitecto para hablar de unas refacciones que le estaba por hacer en la casa.

ENRIQUE M. BUTTI

Nació en Santa Fe en 1949. Es narrador y periodista. Publicó las novelas *Aiaiay* (1986), *Carnavalito* (1996), *Indí* (1998) y los libros de cuentos *Solfeo* (1993) y *La daga latente* (premio fondo Nacional de las Artes, 2006). Trabaja como periodista en el diario El Litoral, de Santa Fe.

A PRECIO SIN COMPETENCIA

Las sesiones de ascendentalismo tenían lugar en un galpón que al principio había sido un degolladero de gallinas y después el depósito de unas telas que en poco tiempo de estacionamiento y equivocado apresto se habían cargado de un aura tan maligna que se quebraban como papel y que hubieran terminado irremediablemente destruidas por inservibles si no hubiese llegado el que sería el Pastor Jonás y por casi monedas comprara esa partida de toneladas y toneladas de lienzo blanco sin querer revelar qué uso podía darles, negándose incluso después de concretar la operación a pesar de la insistencia intrigada de los vendedores, sobre todo cuan- do apareció poco después con el suficiente dinero como para ofrecer la compra del terreno y el galpón a los empresarios en bancarrota, y colgar el cartel que resplandecía: «Escuela Pastoral Ascendentalista», aún antes de que en el interior del local se perdiera el olor a almidón y algodón atacado por los hongos, debajo del que rondaba todavía el tufo acre del alimento y excremento de los pollos que durante años habían marchado en filas interminables al matadero.

De los compinches del barrio, el primero que quedó enganchado con el Pastor Jonás fue Delmiro, que era albañil y que trabajó en las refacciones del galpón y ayudó a clavar e iluminar el cartel, y que un día al atardecer quedó solo en el interior vacío y ya limpio, y el Pastor le dijo que con las obras y las construcciones sucedía lo mismo que con el cuerpo del hombre, que no bastaba asear y perfumar la carne, y entonces le pidió que le ayudara a exorcizar los malos espíritus y el sufrimiento que habían quedado impregnados entre esas maderas y ladrillos y chapas de cinc, y comenzó con sus rezos, salpicando el local con el líquido morado que se coagulaba en un balde que sostenía Delmiro y en el cual el Pastor embebía su aspersorio, hasta que sucedió lo que Delmiro no se cansaba de contarnos, más con un fin proselitista que para explicarnos su conversión fulgurante y definitiva, más que para contestar a nuestras burlas para convencernos de que cada cual arrastra sin saberlo una procesión de desperdicios y de cadáveres.

En verdad, cadáveres, de carne y hueso, no escaseaban en la zona, acribillados. No el de Delmiro que murió de enfermedad natural pero sí el del Negro, a quien el peso del plomo ya no lo dejó levantarse, sin que pudiera acusarse a Delmiro, que había fallecido varios días antes, a menos que quiera considerarse que el amigo muerto bajara a castigarlo por no haber querido entrar al templo siquiera para despedirlo en su velorio. Acribillado, el Ne- gro, sin que acabara nunca por saberse quién fue el asesino ni nadie se interesara por indagar ni hacer otra cosa que no fuera rezar por él en el galpón, ya que a pesar de que se trataba de un descarriado incorregible el Pastor le dedicó una sesión para que con plomo y todo su espíritu pudiese despegarse y volar libre.

Pero antes de eso el Negro había intentado hablar con quien era como un hermano, criados y crecidos juntos peleando contra la hostilidad del mundo, y había ido y le había dicho algo así como «Delmiro, ¿en qué andás metido? Hay quien dice que no sos ajeno a las barbaridades que están sucediendo acá alrededor», y Delmiro, con demasiada reticencia como para atribuirle simple y llana lo- cura, le había expuesto al Negro la doctrina ascendentalista del Pastorcito Jonás acerca de la guía inequívoca que pueden procurarnos los muertos si somos capaces de convocarlos y obedecerlos. Y sobre cómo obedecer esas órdenes bajo la guía de los espíritus puede llevarnos sin peligro ni culpa más allá de la justicia y de las leyes humanas, entrando en particulares acerca de la forma con que se ejecutaban las condenas decididas por los Justos Ascendidos, sembrando rastros de droga alrededor de la víctima para que la policía o quien fuera, suponiendo que a alguien se le ocurriera investigar, pudiese despachar la interpretación de que esa muerte era una más en las rencillas entre traficantes traicionados y traicioneros.

Al principio Delmiro y su familia habían sido los únicos en concurrir al templo los jueves y los domingos a la hora de los servicios que anunciaba el papel pegado en el portón, pero poco a poco el Pastor Jonás ganó adeptos en el barrio y en el bajo repartiendo bolsones de ropa y comida entre los más indigentes, y cuando nos quisimos dar cuenta los únicos que terminábamos burlándonos de la servil santulonería de Delmiro éramos el Negro y yo, yo sintiendo cómo me aumentaba el desprecio por esa manada de pobre gente impelida a creer que los muertos estaban esperando que los vivos los liberaran de la inmunda materia y a soportar horas de invocaciones, todo con el único fin de llevarse a su casa una bolsa con fideos y harina de maíz y pañales, a lo que Delmiro volvía a reprochar mi ceguera y volvía a contar el episodio de su conversión, cuando había quedado solo con el Pastorcito y después del largo rito de limpieza del galpón salpicando sangre a los cuatro costados había oído cómo de golpe, en un huracán ensordecedor, se alzaban los chillidos de los miles, de los millones de pollos y gallinas que años atrás habían sido degollados en el lugar.

Pío pío, quiquiriquí, cantaba el Negro cuando lo veía aparecer, y yo: «¿Qué reparten hoy, leche en polvo vencida, zapatos usados?», y Delmiro, sonriente, beato, o alguna vez también airado, con los ojos relampagueantes, nos respondía con esas oscuras maldiciones de los profetas, tipo «Y verás a tus aliados engañarte porque vives engañado», con un furor malsano que no sólo era de la locura que le atribuíamos sino de la enfermedad que a ojos vistas lo consumía y que terminó por dejarlo casi sin nada que ofrecer a los gusanos debajo de la mortaja en la que lo envolvieron para velarlo en el templo, el día en que discutí con el Negro acerca de que no era cuestión de negarse a entrar a despedir por última vez a un amigo.

Pero cuando Delmiro aún andaba ahí, esclavo del Pastor, y yo más enfervorizado lo contradecía con los argumentos que me procuraba mi iniciación en la conciencia política, un día el Negro viene y me cuenta que había ido a verlo, decidido a hablarle como hermanos que se han criado juntos, y Delmiro le había revelado cómo los muertos guían el brazo de los Justicieros Ascendetalistas, salvándolos al mismo tiempo de la inepta justicia humana, y se había preciado de que su amo ya no fuera sólo un pastor religioso sino también el caudillo del barrio, con ascendencia por toda la ciudad y en las esferas de gobierno, y había terminado por insinuarle me advirtiese que mis opiniones no le gustaban a nadie y que me cuidara porque no era tiempo de andar jugando con fuego, y yo me reí, y el Negro dijo que la cosa no estaba para bromas, que debían ser ciertos nomás los rumores de que Delmiro era el brazo ejecutor de las desgracias que le ocurrían a quien osara oponerse al poder del Pastor Jonás, como había sucedido con el incendio de la casa Evangélica que regenteaban unos yanquis imberbes en el bajo, o el ataque que había alejado a los intelectuales del centro que venían a enseñarnos doctrina política en la biblioteca de la vecinal, o los incontables ajustes de cuentas que habían cundido últimamente entre traficantes.

Y después terminó de consumirse, Delmiro, y yo pensé que no era cuestión de andarse con pamplinas y entré por primera vez en el templo tras discutir con el Negro, que se demostró empecinado hasta el límite de negarse a despedir a su casi hermano, y ahí estaba Delmiro expuesto sobre unas tablas, fajado como una momia ya reducida, y llegué justo cuando el pastor liberaba su espíritu, que se elevó candente como una llamarada, pero que antes de irse bajó a revolotear a mi alrededor y quitarme la ceguera y conducirme firme de la mano durante días hasta encontrar la mejor oportunidad para procurar la salvación eterna del Negro y, a la vez, conquistar la confianza del Pastorcito gracias al cuidado con que sembré rastros de droga en los bolsillos del irredento por si a alguien se le ocurría investigar, procurando de paso mi propia salvación, no sólo de mi espíritu liberado finalmente de lastres sino también de mi materia al encontrar por fin una ocupación laboral cierta y efectiva en una de las empresas del Pastorcito Jonás, la que se ocupa en confeccionar y ofrecer mortajas de fina tela blanca almidonada a un precio sin competencia en toda Sudamérica.

En *La daga latente (9 cuentos casi policiales)*, Colihue, Buenos Aires, 2006.

DEL PODER DE LA MÚSICA

El chongo se hacía llamar Raúl. Un día lo levanta un gordo obeso que lo lleva a su casa y pone música. Habían subido una escalera y el gordo se desploma sobre un sillón resoplando. Indica al muchacho un aparador, y le dice que busque si quiere tomar algo. Raúl elige una botella que no conoce. La música está alta y el gordo dice que no con la cabeza cuando el chongo le pregunta con señas si tiene que servirle también a él.

—Sentate. Escuchá —indica el gordo.

Al rato extiende un brazo, baja el volumen.

—¿Te gusta esta música?

El chongo no duda: —No, qué me va a gustar, es más aburrida, lo único que sirve es pa dormirse.

—No estás acostumbrado al arte de los ángeles, eso es lo que pasa —dice el gordo. —Cerrá los ojos y escuchá.

El gordo lo ve cerrar los ojos y lo imita. Suena el «*Versa est in luctum*», de Victoria: «Mi cítara se ha puesto de luto y mi voz expresa sólo dolor. Perdóname, Señor, mis días no son nada».

Cuando abre los ojos, el muchacho está ahí mirando para arriba, para todos lados, registrando con vivacidad los objetos y los muebles del cuarto. «Está sopesando lo que valdría la pena llevarse», piensa el gordo, con más lástima que aprensión.

Y empieza a explicarle cómo era la música en el 1500, y lo que escuchan, un motete. El muchacho se rió, hizo una rima fácil con la palabra, y la vulgaridad pareció darle fuerzas para retomar las riendas de la situación.

—¿Qué vamo a hacé, eh tío, vamo a seguí escuchando música nomá? Se pasa el tiempo...

El gordo se revela autoritario:

—Al tiempo te lo pago. No seas bruto, aprovechá que no vas a tener otra oportunidad como ésta.

El muchacho se hunde en el sillón y el gordo sigue explicándole las distintas voces del coro, y las palabras que cantan.

—Quinientos años tiene esta música. ¿Sabés lo que significan quinientos años? ¿Vos cuántos años tenés?

—Ventitré.

—Hacé la cuenta cuántos veintitrés hacen falta para quinientos y te vas a dar cuenta lo que significa. Era otro mundo, y ésta es la música de ese mundo. Podría ser la música de otro planeta. Pensá cuánta gente nació, creció y murió en ese tiempo, y cuántos hijos crecieron y envejecieron y murieron.

El muchacho pregunta si puede servirse más bebida. Después se adormece. Lo despierta el silencio.

—Vamos— dice el gordo. —Tengo que volver para el centro, te llevo.

Pasan los años. Al muchacho no le sirvió la lección del gordo para aprender a contar otro tiempo que no sea el que debe coti- zar con un cliente. Aunque no son muchos esos años y él todavía es joven ya tiene los dientes muy arruinados y poco a poco se ve obligado a dedicarse cada vez más al choreoya la transa. Un día tiene un buen toco y decide quedarse con el paquete y fugarse a Rosario. No pasa ni un mes cuando le avisan que el traficante a quien robó lo anda buscando. Con el resto de plata que le queda escapa a Buenos Aires.

Y una tarde se da cuenta de que está acorralado. Escapando, se mete en una iglesia.

Hay un ataúd cerca del altar y gente en los primeros bancos. Por el portón entreabierto alcanza a ver en el sol de la calle a los matones que se han reunido y lo esperan.

En la iglesia empiezan a cantar. Y entonces recuerda al gordo. Es la misma música que le hizo escuchar aquel día, o a él le suena igual.

Se sienta en un banco y cierra los ojos. Los abre cuando se hace silencio.

—Vamos— dice el gordo. —Tengo que volver al centro, te llevo.

En *La daga latente (9 cuentos casi policiales)*, Colihue, Buenos Aires, 2006.

ÍNDICE